SAN-ANTONIO
S'ENVOIE EN L'AIR

Patrice Dard

LES NOUVELLES AVENTURES DE
SAN-ANTONIO

San-Antonio s'envoie en l'air

roman de haut vol

Fayard

ISBN : 978-2-213-63196-7

En vieillissant, on s'enfonce doucement
dans l'horreur.

Frédéric Dard

Je suis devenu newtonien
le jour où je suis tombé dans les pommes.

Descartes

Sans être bégueule,
j'voudrais pas avoir à changer
la couche d'ozone !

Bérurier

Crache ton chewing-gum derrière toi
si tu ne veux pas marcher dessus.

Proverbe californien

Je n'aime guère qu'on asticote mes cons patriotes
à ma place. C'est mon côté Cyrano.
À part que ma protubérance se planque
plutôt dans un calcif que dans un mouchoir.

Alix Karol

(L'une de ces citations ne
serait-elle pas apocryphe ?)

À Henri Desclez,
dont je me languis
à l'autre bout de son monde.

PREMIÈRE PARTIE

Quand le passé ressurgit

PROLOGUE

Maman, maman, viens me sauver ! Je t'attends. Je suis en vie. J'ai peur, maman, j'ai peur. Je t'aime. Maman... viens vite !

CHAPITRE 1

La non-représentation

cinq ans auparavant

Son premier réflexe, en s'éveillant, fut de tâtonner à la recherche de sa culotte. Les voluptueux souvenirs de la soirée et l'humide touffeur qu'elle ressentait au creux de ses cuisses lui rappelaient qu'un petit tour à la salle de bains serait le bienvenu.

Et puis, d'un coup, elle prit pied dans la réalité.

Quelle heure était-il ?

Les doigts de Jordanne partirent en quête de la poire commandant sa lampe de chevet. La lumière éclaira le cadran de son réveil : minuit était largement dépassé. Ils avaient tant dormi... après ?

Une angoisse fétide l'empara soudain[1].

Son mari devait ramener Lydie à vingt et une heures au plus tard, comme tous les dimanches soir lorsqu'il en avait la garde. Le lundi matin, la petite avait école et il ne s'agissait pas, ils en étaient convenus, qu'elle manquât une seule minute de scolarité. En grande section de maternelle, on apprend déjà à lire, à écrire, à compter.

Jamais Eddy n'avait raté un seul rendez-vous. Il avait toujours joué franc jeu depuis leur séparation et reconduit la gamine avec ponctualité.

Certes, ils s'étaient longuement assoupis, elle et son compagnon. Mais son ex aurait sonné. Et puis, il possédait encore une clé de l'appartement. Sans réponse, il serait entré. Il l'avait déjà fait, une fois, tandis qu'elle se prélassait sous la douche.

Non ! Son instinct de mère lui affirmait que quelque chose clochait.

---

1. Correcteur, me fais pas chier avec « s'empara d'elle ». Dans un *San-Antonio* grand teint, même un agrégé s'autoriserait certaines licences !

Elle rafla son portable et composa le numéro d'Eddy. Supporta la sonnerie jusqu'à obtenir l'annonce d'accueil. De rage et d'impatience, elle faillit raccrocher. Songea qu'il était préférable de laisser un message :

– Je ne sais pas où vous êtes, toi et la petite, mais je t'en supplie, appelle-moi !

Elle se tourna vers l'homme qui reposait à plat ventre et nu sur l'autre rive du lit.

Lui secoua l'épaule :

– Antoine ! Réveille-toi ! Y a un problème.

CHAPITRE 2

L'appel

`aujourd'hui sur le coup de midi`

Comme le dernier soubresaut d'un écho, un cri étouffé au fond d'une citerne vide, la voix s'insuffle dans mon conduit auditif. Les ondes effleurent l'hymen de mes oreilles sans le déflorer. Suis-je bien certain que mon tympan vibrionne ?

Cette voix d'enfant est si lointaine, ténue, irréelle, que je dois réécouter l'enregistrement à plusieurs reprises avant de saisir le sens des paroles.

Je griffonne chaque mot sur mon calepin, rature, surcharge, jusqu'à réussir à reconstituer, me semble-t-il, le texte dans son intégralité.

Je l'ânonne à haute voix, la gorge un tantinouée :

« Maman... Maman... viens... me... sauver... je t'attends... je suis... en vie... j'ai peur... Maman... j'ai peur... je t'aime... Maman... viens... vite ! »

Puis je relis le texte dans sa continuité en supprimant hachures, silences et soupirs et en rectifiant la ponctuation :

« Maman, maman, viens me sauver ! Je t'attends. Je suis en vie. J'ai peur, maman, j'ai peur. Je t'aime. Maman... viens vite ! »

Dans mon burlingue, on entendrait se masturber une mouche tsé-tsé dans une jatte de crème fouettée. Pinuche n'ose liquider ni reposer son godet de muscadet, le maintenant brandi tel un calice à l'heure de la consécration.

Même le gars Béru reste bouche bée, râtelier tartiné de rillettes, incapable de mastiquer sa goinfrée de Poilâne.

L'émotion fait salle comble. Le silence nous englue. Nous attendons que la femme sorte de son mutisme. Ses lèvres frémissent, mais n'émettent aucun son. Du bout d'une phalangette, elle frôle le boîtier de l'enregistreur numérique comme s'il s'agissait de la peau d'un être cher.

Elle se décide enfin à murmurer :

– J'ai trouvé ce message sur mon répondeur en rentrant des courses ce matin. Je n'achète plus grand-chose, à peine de quoi survivre, mais je m'absente quand même. Hélas ! Il a fallu que ma petite Lydie appelle quand je n'étais pas là.

Pinuche renonce à sa gorgée. Béru déglutit sa bouchée, vire le moignon de sandwich à la poubelle. Et moi je pose la question qui s'impose :

– Qu'attendez-vous exactement de nous ?

– Que vous retrouviez ma fille. Cet enregistrement devrait vous permettre de rouvrir officiellement l'enquête, non ? L'affaire de cette petite Autrichienne réapparue après huit longues années de séquestration a ravivé mon espoir.

Rattrapée par les ans, rongée de tourments, elle a conservé de sa beauté une silhouette gracile et des yeux de porcelaine. Mais ses pommettes se sont éclaboussées de mauve et ses paupières se gonflent de reliquats d'éthyle. Sa voix s'est éraillée au fil de nuits sans jours. Pourtant, elle était si fraîche lorsque je l'ai connue !

CHAPITRE 3
La rencontre

cinq ans auparavant

Jordanne avait commandé un nouveau verre de vin.

Rouge, bien sûr.

Un célèbre écrivain du siècle passé se prétendant « prince des gastronomes » – un certain Curnonsky, si sa mémoire était bonne – n'avait-il pas écrit : la principale qualité d'un vin, même blanc, c'est d'être rouge ?

Le picrate n'était qu'une piquette en cet estaminet de la rue des Canettes sis à deux titubées de Saint-Sulpice et trois zigzags de Saint-Germain.

C'est là qu'elle avait connu sa prime ébriété, quelques semaines plus tôt.

Depuis, Jordanne s'adonnait certains soirs à des libations comme d'autres vont à vêpres. Pour prendre plus que sa part de l'angoisse des vivants. Pour s'acoquiner avec des gens ne possédant en commun que le désespoir d'exister seuls.

Merveille, les rencontres fortuites avec des esprits libres ! Mais elle avait compris que ces brillants dialogues s'achevaient toujours en monologues décousus, en litanies brumeuses. Que chacun ressassait ses propres affres sans s'ouvrir aux préoccupations des autres.

Oui, elle était lucide. Consciente de la pente qu'elle se savonnait mais capable de la remonter d'un simple claquement de doigts.

D'un simple claquement de doigts, elle réclama une ultime consommation.

L'avala cul sec.

Après, c'était fini ! Juré !

Jordanne essaya d'allumer la Marlboro que lui avait tendue un inconnu dont elle savait tout mais dont elle avait déjà oublié l'essentiel.

Son briquet battait mal. Sa main chavirait.

Elle se brûla le bout du nez. Renonça à fumer. Commanda le der des der.

Et puis elle vit ce putain de bar qui s'échappait vers l'avant. Ne comprit pas qu'elle-même basculait en arrière.

Un homme la recueillit entre ses bras.

– Vous avez trop bu, lui murmura-t-il. Je vous raccompagne chez vous.

CHAPITRE 4

La mobilisation

Aujourd'hui midi largement passé

Je raccroche vivement le bigophone, pas laisser à mon locuteur le temps de se raviser.

Les visages (plus un groin) se tournent vers moi.

– Alors ? laisse échapper Jordanne. Il a dit oui ?...

Je tempère son espérance d'une vague ondulation des doigts.

– Le procureur accepte l'idée d'un complément d'information. Il nous accorde quarante-huit heures pour étayer la notion d'*élément nouveau*. Passé ce délai...

Mon fils Toinet et sa presque fiancée Amélie

Mathias, muse de la police scientifique, viennent à ma demande de compléter l'effectif, car un fieffé coup de collier va devoir être fourni.

– Je vous résume l'affaire, bille en têté-je. Voilà environ cinq ans, la petite Lydie disparaissait en compagnie de son père Eddy Dewouter. Séparés depuis quelques mois, les parents avaient, semble-t-il, privilégié l'équilibre de leur enfant en évitant de s'entre-déchirer. Quoique meurtrie par cette rupture, Jordanne ici présente ne s'est pas lancée dans une guerre vengeresse. Elle n'a jamais contesté les droits de visite de son mari et ce dernier, durant des mois, a scrupuleusement respecté son temps imparti. Jusqu'à ce fatidique dimanche soir où il n'a pas ramené la gamine.

– Quel âge avait alors votre enfant ? questionne Amélie.

– Ma Lydie allait sur ses six ans.

– Si bien qu'elle en aurait onze, aujourd'hui.

La mère frémit :

– Pourquoi dites-vous *aurait* ? Elle *a* onze ans !

Je m'hâte (tu mâtes, ils matent, les matons) de reprendre le crachoir :

– Jordanne Dewouter a naturellement déposé plainte au commissariat de son quartier...

– Ils n'ont rien fait, ces veaux ! explose la jeune femme. Selon eux, ce n'était qu'un contretemps. Le père n'allait pas tarder à se manifester. Après quelques jours d'escapade, les papas finissent par trouver bien pesante la charge quotidienne d'une gamine, et la ramènent tout penauds à la mère. Les flics m'ont conseillé d'attendre à la maison. Ça fait mille sept cent trente et un jours que j'attends !

– Aucune enquête n'a été diligentée ? s'étonne Amélie.

– Officiellement si, rétorque Jordanne, grâce au commissaire San-Antonio, d'ailleurs, qui était alors directeur de la Police nationale. Mais personne n'a été en mesure de découvrir où se terrait Eddy. Ces messieurs se contentaient de supputations. Certains présumaient qu'il avait emmené la petite à l'étranger ; d'autres, qu'il avait pu changer d'identité. Un salopard a même suggéré qu'il s'était peut-être suicidé après avoir tué notre fille. À ce moment-là, on parlait beaucoup de ce toubib disparu en mer avec toute sa famille. En fait, je n'ai eu affaire qu'à des incapables !

– Je vous trouve bien sévère, madame Dewouter, objecte la voix fluette de Pinuche.

Acagnardé dans son fauteuil Voltaire, ce bon César ressemble à une momie inca boudée par les archéologues. Il est tant flétri, fané, fripé, dessiqué, parcheminé, le Vénérable, que pour connaître son millésime je me fierais davantage au carbone 14 qu'à son extrait de naissance.

– Du fond de votre douleur, poursuit-il en essayant vainement de ranimer son sempiternel mégot, vous oubliez tout ce qui fut entrepris en son temps. Avec l'inspecteur Bérurier, vous vous en souvenez sans doute, nous avons coordonné les recherches pendant des mois...

– Sans résultat !

– En vain, je vous l'accorde.

– À propos d'vin, intervient le Mastard, tu pourrais m'refiler un gorgeon d'muscadet, La Pine ? R'tarder la jaffe, dans les cas graves, j'dis pas. Mais la pépie, quand ça vous chope...

La Vieillasse passe sa boutanche au goret, puis reprend sans perdre le fil :

– Savez-vous, madame, pourquoi les investigations n'ont pas abouti, à l'époque ?

Mon fils me flanque un coup de coude.

– Tu as remarqué que le Débris radote moins ? me chuchote-t-il à l'esgourde.

– En effet. Il ne s'égare plus dans le labyrinthe de ses préambules.

– Amélie teste sur lui un nouveau médicament japonais. Ça lui ratatine la couenne, mais son cervelet semble moins engorgé.

– Lors de la disparition de Lydie, imperturbe Pinaud, pardonnez-moi d'être franc, personne n'a réellement pris l'événement au tragique.

– C'est monstrueux, ce que vous dites ! s'offusque Jordanne. Et ma détresse, elle n'est pas tragique, peut-être ?

– Certes. Mais les enquêteurs se placent toujours du point de vue de l'enfant. Qu'une fillette vive avec son père plutôt qu'avec sa mère qui en a la garde, c'est évidemment contre la loi, contre la morale, mais pas vraiment contre nature.

– Alors, il faut baisser les bras ? s'insurge la femme.

– Surtout pas ! Car la donne a changé. Cet appel lancé par Lydie prouve qu'elle est détenue contre son gré et qu'elle est en danger. Nous devons donc considérer aujourd'hui que votre fille est victime d'un authentique kidnapping, et mettre en œuvre tous les moyens modernes à notre disposition.

Il se lève en ahanant et va se planter devant Jordanne :

– Je ne suis pas le chef, ici, mais je suis le doyen. Aussi, je vous jure non pas sur ma vie qui ne vaut guère tripette, mais sur l'honneur de notre équipe que nous allons retrouver votre enfant.

Ayant dit, il éclate en sanglots et retourne s'asseoir en déployant son mouchoir, un véritable Cholet large comme un parachute.

– Merci, murmure simplement la jeune femme.

Je la retiens, Miss Mathias, avec son remède nippon ! L'instant a sonné de prendre les choses en main si je ne veux pas passer pour un clystère usagé. D'autant que je partage sans retenue l'analyse de l'ancêtre. Tout en me devinant plus réservé sur nos chances de succès.

– Tout le monde sur le pont ! lancé-je de mon timbre gaillard d'avant.

Je charge Amélie d'étudier scientifiquement l'enregistrement de l'appel, et Toinet de faire établir par les spécialistes un portrait présumé de Lydie telle qu'elle pourrait être aujourd'hui, en se basant sur des photos d'elle à cinq ans.

Pinuche se chargera de collecter toutes les pièces du dossier Dewouter et d'en effectuer la synthèse.

Quant à moi, je pense qu'un petit viron chez la jeune femme ne serait pas superflu. Béru m'accompagnera car les bourdilles, comme les roubignoles et les témoins de Jéhovah, marchent toujours par paires.

Chacun s'égaille. Amélie revient sur ses pas.

– Dites-moi, madame, lors de l'évaporation de votre fille, entreteniez-vous une liaison dont votre ex aurait pu prendre ombrage ?

Jordanne toise ma quasi-bru.

– J'ai déjà répondu cent fois à cette question.

– Et la réponse ?

– C'est toujours non !

Ton gros orteil à l'ongle incarné ne te souffle-t-il pas qu'elle ment ?

CHAPITRE 5
Le dernier regard

cinq ans auparavant

Lydie tenait son bol par les deux oreilles de Mickey. Pour profiter des dernières goulées, elle penchait la tête en arrière jusqu'à en perdre l'équilibre et manquait à chaque fois de chuter du tabouret. Mais la main secourable de maman veillait au grain.

La gamine fit claquer le bol sur la table de la cuisine. « Même pas grave, c'est du plastoche ! » Elle trotta jusqu'à la salle de bains, histoire d'admirer dans la glace, avant de l'essuyer, la moustache de phoque que le cacao avait dessinée sous son nez.

Un coup de sonnette lui fit bondir le cœur :

– C'est papa ! C'est papa ! se mit-elle à scander.

– Dépêche-toi de te débarbouiller la frimousse, brosse-toi les dents et n'oublie pas de te laver les mains. Et puis peigne-toi ! Pas question que ton père emmène une souillon en week-end.

Machinalement, Jordanne vérifia sa propre chevelure et rajusta son chemisier avant d'aller ouvrir.

– Salut !

Coiffé d'une casquette de polo, Eddy portait sous son duffle-coat marine un pull à col roulé rose fuchsia qui mettait en valeur son teint perpétuellement hâlé. Jordanne le trouva beau, mais n'en laissa rien paraître.

– La petite finit de se préparer. Tu me la ramènes pas trop tard, demain soir ?

– À huit heures, comme un dimanche sur deux.

Eddy se frotta les mains et souffla sur le bout de ses doigts.

– Habille-la chaudement. Il fait beau, mais ça caille.

– Ne reste pas sur le palier. Entre un instant.

– Je voudrais pas déranger... (il marqua un temps), des fois que tu ne sois pas seule.

Jordanne ne put s'empêcher de sortir ses griffes.

– C'est quoi, cette allusion ?

Eddy afficha un sourire candide.

– Je sais que tu as quelqu'un...

– Qui te...

– Et c'est ton droit. Tout ce que je te demande, c'est de ne pas le ramener à la maison quand la petite est là. Pas pour l'instant, c'est trop tôt.

– Elle ne l'a jamais rencontré, fit doucement Jordanne en guise d'aveu. Lydie n'est au courant de rien. Comment as-tu su ? Tu me surveilles ?

Elle sentit son sang s'échauffer :

– C'est quand même un comble ! Tu me quittes sans me dire ni pourquoi ni pour qui, et tu viens me réclamer des comptes ?

Le mari n'eut pas le loisir de répliquer, car la fillette rappliquait en piaillant, lestée de son barda. Elle bondit au cou de son père et le constella de bisous.

Par la fenêtre de sa chambre, Jordanne les

regarda traverser la rue, grimper dans la voiture. Elle s'assurait à chaque fois que Lydie prenait bien place à l'arrière, en espérant que la ceinture de sécurité serait bien bouclée, ce que l'angle de vue depuis le troisième étage ne lui permettait pas de vérifier.

Au moment où la Volvo d'Eddy déboîtait, elle faillit accrocher un véhicule surgi de l'impasse adjacente.

Jordanne eut un vilain pressentiment.

CHAPITRE 6

Le couteau

Aujourd'hui aux alentours de quatorze heures

Serrant une poupée, juchée sur un tricycle, à dos de poney, dans le bain, au manège, en chasse-neige, buvant à la paille, à la plage, édentée, un cartable dans le dos, devant la télé, barbouillée de nutella, jouant de la flûte à bec, langue tirée, sourcils froncés, riant aux éclats, devant un sapin de Noël, endormie sur le canapé, cachée derrière ses mains, déguisée en princesse, boudeuse d'épinards, soufflant trois bougies, câlinant un chiot, sur son pot, courant derrière un pigeon... Pas un centimètre carré de mur qui ne soit tapissé d'une photo de Lydie !

En couleurs, en noir et blanc, dans tous les formats, depuis le cliché d'identité jusqu'au poster d'abribus.

– Ne faites pas attention au désordre, s'excuse Jordanne, je n'ai pas eu le temps de passer l'aspirateur, ce matin !

Ce matin ? Tu parles...

Voilà plutôt des lustres qu'un coup de balai n'a pas été donné dans cet appartement ! Le sol est jonché de paperasses, de bouquins, d'emballages éventrés. Sur la table du living, des dizaines de verres sont empilés au côté de bouteilles vides et d'assiettes maculées.

Des brassées de fringues froissées recouvrent le canapé. Il faudrait une fourche pour déblayer tout ce fatras. Et une truelle pour virer la poussière qui s'accumule sous et sur les meubles.

Seul coin épargné dans ce capharnaüm, un bureau à cylindre sur lequel trônent un ordinateur et un téléphone avec répondeur incorporé.

C'est icelui qui m'intéresse au premier chef.

– Vous n'avez pas effacé l'appel de votre fille, j'espère ?

– Bien sûr que non. Je me suis contentée d'enregistrer le message.

Pas risquer de bémol, je manœuvre l'appareil avec une extrême prudence, presse un bouton, réécoute la voix de l'enfant. Durant la diffusion, l'écran affiche l'heure d'appel, 10 h 08, et des chiffres que je note sur mon carnet. Il s'agit d'un numéro parisien, comme en témoigne le préfixe 0145.

Je répercute le number sur Toinet, via mon portable. Lui accorde une minute douze pour me dégoter le nom et l'adresse du titulaire de la ligne.

Le temps d'un furetage express dans la piaule de Jordanne.

Le Gravos, lui, est attiré par la cuistance comme un porc truffier par les radicules d'un chêne. Je l'entends s'exclamer :

– Putain, l'boxon ! Vot' lave-vaisselle est en rideau, m'ame Dewouter ?

– J'attends les dépanneurs de chez Darty, bredouille la fille.

Claquements de placard, cliquetis de verrerie, cascade du robinet, clappements de langue. Voix off d'Alexandre :

– M'en voudrez pas qu'je me servasse un pastaga ? Les émotions, ça m'assèche la baveuse. Vain diou ! Z'êtes bien équipée, question lichtrogne. Par cont', votre frigo, c'est l'désert de Gros-Bide ! Pas étonnant qu'vous ayez cette mine d'papier haché, si vous briffez qu'des yourtes à zéro pur-sang. Dites ! Le restant d'pizza orientale dans la poubelle, vous comptiez pas vous en servir ?

– Voyons, inspecteur, elle est toute moisie !

– Et alors ? J'ai rien contre les champignons, moi ! Ça fait comme une régina...

Polka des incisives.

– Faut admettre qu'elle est pas fraîche-fraîche... Merde, un tampax ! J'ai cru qu'c'était une merguez !

Un haut-le-cœur secoue la fille.

– Ce Bérurier, c'est vraiment un...

– Un omnivore.

Je te raconte pas la piaule, t'as déjà deviné : on se croirait chez les chiffonniers d'Emmaüs.

Jordanne surprend mon regard de désolance. Elle en éprouve à peine de gêne. Sa honte, il y a belle lurette qu'elle l'a bue.

Elle se poste devant la croisée, appuie son front contre la vitre.

– C'est de là que j'ai vu ma fille pour la dernière fois. Il faisait froid comme aujourd'hui. Elle a traversé la rue blottie sous le duffle-coat de son père. Vous croyez à la prémonition, commissaire ?

– Plutôt à l'intuition.

– Appelez ça comme vous voudrez. Mais ce matin-là, j'ai éprouvé un étrange malaise. Peut-être à cause de cet accident évité de justesse. J'y ai vu un signe.

– Quel accident ?

– Quand il a démarré, Eddy a failli écharper une voiture qui débouchait de l'impasse, là en face.

– Vous n'avez jamais parlé de cet incident aux enquêteurs ?

– C'était loin de mes préoccupations.

Le bigophone joue les vibromasseurs dans ma fouille. Mon lardon, le retour.

– P'pa ? *Bad news* : l'appel de la gamine émanait d'une cabine.

– Je prévoyais ce genre d'embrouille. J'étais surpris que le numéro ne soit pas masqué. Elle se trouve où, cette guitoune ?

– Près du métro Saint-Placide, trottoir opposé à la F.N.A.C. Tu veux que j'aille y faire un saut ?

– Je m'en occupe, ça n'est pas loin d'ici. Côté portrait de la gamine ?

– Les infographistes sont au taf.

– Merci, fils.

Le temps de cette brève converse, Jordanne s'est mise à rassembler en tas les frusques éparpillées dans la turne, l'oreille dressée.

– Du nouveau ? espère-t-elle.

J'endigue toute fausse illusion :

– Rien de concret, la routine. Je m'absente un moment. Attendez-nous ici. Ne vous éloignez pas du téléphone.

D'une caresse du pouce, j'efface la perle de chagrin qui roule sur sa joue.

– Je sais ce que vous endurez, Jordanne, pour avoir vécu une situation similaire [1]. La bonne fortune sourit à ceux qui luttent, jamais à ceux qui se laissent aller.

Tu m'aimes dans mes élans prêchi-prêcha ?

---

1. Tu te souviens du kidnapping de Toinet dans *Du bois dont on fait les pipes* ?

Moi non plus. Mais, franchement, de voir cette mousmée qui aurait flanqué le tricotin à un congrès d'eunuques se déglinguer de la sorte, y a de quoi se scalper le minaret avec une fourchette à escargots.

Je récupère mon phacochère, lequel, faute de graillon, s'est rabattu sur le Danone allégé. Il en a la hure fardée telle une frime de pierrot lunaire.

Avant de regagner ma guinde, je jette un cil à l'impasse voisine. Il s'agit d'un étroit cul-de-sac entre deux élégants immeubles : le 1 à gauche, le 2 à droite, confirmant la bonne vieille logique cartésienne. Un panneau « Voie privée – Interdit de stationner » veille à la quiétude bourgeoise de la venelle.

Je grave ces infos dans un repli de mon ciboulot, puis grimpe dans ma Cayenne. L'Ignoble s'installe à la place du de cujus, se tourne vers moi et me tire à bout rotant une salve hautement anisée.

– C'est tout ce que t'avais à me dire ? grommelé-je en décarrant.

– Non, c'est pas tout. R'garde ce que j'ai dégauchi au fond d'un tiroir.

Il me brandit sous le tarin un petit couteau pliant.

– Un Opinel ! Et alors ? On en trouve dans toutes les cuisines.

Il fait pivoter l'ustensile d'un demi-tour.

– Mouais ! Mais pas a'ec les initiales S.A. gravées sur l'manche !

CHAPITRE 7

La douche écossaise

cinq ans auparavant

Elle en avait oublié de régler le taxi.

Le chauffeur cambodgien s'était lancé à ses trousses en pépiant. Ses vociférations aiguisées évoquaient le son d'une mandoline dévalant un escalier.

Le Jaune la rattrapa sous le porche de l'hôtel de police.

Confuse, Jordanne s'acquitta du montant de la course, assorti d'un pourboire de mandarin.

L'âme en feu, elle arpentait les couloirs avec des bottes de sept lieues. Elle connaissait les moindres méandres de la bâtisse pour l'assiéger quotidiennement depuis deux mois. Deux longs mois qu'elle attendait, sans trop oser y croire, cet instant de bonheur fou.

Et puis elle avait reçu l'appel de l'inspecteur Bérurier. Il lui demandait de « rappliquer fissa au burlingue », car il venait « d'alpaguer son julot », Eddy Dewouter.

Elle n'imaginait pas ce gros vinasseux aux manières de soudard capable d'un tel exploit. Elle l'avait même pris en aversion depuis la fois où, sous prétexte de lui requinquer le moral, il lui avait fait tâter son sexe de mammouth à travers son pantalon. Mais l'interpellation de son époux lavait amplement l'outrage.

Lorsque Jordanne fit irruption dans son bureau, le policier, rubicond et en nage, s'employait à passer un prévenu à tabac.

– Où est-il ? jeta la jeune femme.

– Qui ça ?

– Eddy, mon mari !

L'inspecteur Bérurier désigna sa victime pantelante et sanguinolente :

– Ben ici ! J'sus en train d'lui faire cracher où c'qu'il a planqué vot' mouflette !

– Mais ce n'est pas lui, voyons ! fit Jordanne, effarée.

– Vous l'reconnaissez pas because j'lui ai r'fait son maquillage, mais c'est bien Eddy Dewouter, c't'écrit sur ses fafs !

– Ch'suis un homo..., tenta de se justifier le tabassé.

Une beigne formidable lui fit éternuer ses deux ultimes prémolaires.

– Qu'tu soyes homo, ç'arrange pas tes bidons, fumier !

– Ch'suis un homonyme !

À dater de cette désillusion, Jordanne comprit qu'elle ne pouvait compter sur personne pour retrouver sa fille. Elle rompit avec son amant et se replia chez elle dans l'espoir chimérique qu'un jour, peut-être, Lydie se manifesterait.

DEUXIÈME PARTIE

Un crime vu du ciel

CHAPITRE 8

Les cabines

Février ne nous fait pas de cadeau, cette année, t'as remarqué ?

Quelques flocons pusillanimes tournicotent dans un ciel carié[1]. Ils atteignent le sol sans conviction, s'y transforment en rejets de suppositoire, rendant le bitume parisien propre à une exhibition d'*Holiday on Ice*.

Je parque ma Porsche dans un couloir de bus. Alors que nous en jaillissons, une contractuelle se précipite pour nous faire circuler. Béru fourre sa carte de matuche sous le pif enclowné par la froidure de la courgette et lui conseille d'aller se toucher le pipi ailleurs.

---

1. San-Antonio ne voulait-il pas dire « plombé » ? *(Note de l'éditeur.)*

Manque de fion, la cabine est déjà occupée par un balayeur noir affublé d'une triple épaisseur de manteaux avachis sous son gilet fluo. À cor et à cri, il réclame Conakry en P.C.V.

Béru s'apprête à dégager le zigoto manu militari lorsqu'il remarque une boutique de lingerie située pile face à la guérite.

– Tiens ! Je vais aller me tuyauter auprès d'la venderesse, décide-t-il. Des fois qu'elle aye remarqué la gamine en train de turluphoner.

– Heureuse initiative, Gros ! Mais tu n'imagines pas que Lydie ait appelé elle-même ?

– Pourquoi non ?

– Si elle avait disposé de sa liberté de mouvement, elle aurait foncé droit chez sa mère, au lieu de téléphoner.

– Elle se rapp'lait p't'être plus de l'adresse.

– Alors qu'elle se souvenait du numéro de fil ? Peu probable.

– Tu penses quoi, toi ?

– Qu'elle n'était pas seule. Qu'elle a agi sous la contrainte.

– Pourquoi son kidnappeur l'aurait laissée bigophoner à sa daronne ? Pas logique non plus.

– Rien n'est logique dans cette histoire. Va quand même te rancarder chez la lingère.

– D'autant qu'j'ai besoin d'un calbute neuf. Mon kangourou, je l'avais commandé à la R'doute dans les années quatre-vingt. Mais z'à force d'êt' lavé une fois par trimestre, il est tout éliminé. Du coup, Mister Bigpaf joue les évadés d'Altacrasse. Allez gi ! J'vais faire d'une paire deux couilles.

Il entre dans l'échoppe, presque aussitôt suivi par une ménagère de moins de cinquante ans bon fric bon gendre.

Je bats le pavé, attendant que le bronzé se décide à raccrocher. Pour l'heure, il gesticule avec son balai en expliquant à un certain M. Sanssou Téniké que le foyer Sonacotra où il pioge à Pantin n'est pas exactement le trois étoiles nouvelles normes qu'on lui avait fait miroiter.

Bien lui signifier mon impatience, je plaque ma tronche contre la porte vitrée. Le Black me fait péter un sourire kaolin sans cesser de brailler. Maintenant il veut parler au chef, M. Malan Touré.

Histoire de cautériser mon exaspération, je l'observe de la tête (coiffée d'un bonnet tricoté main) aux pieds (chaussés de pompes aspirantes dont les semelles bâillent comme deux requins affamés).

C'est alors que je remarque sous l'un de ses talons un sujet de chiffon tartiné de gadoue. J'écarte le battant, fais signe au gus de soulever sa tatane, et récupère l'objet.

À l'aide de mon mouchoir humecté de salive, je nettoie sommairement ma trouvaille qui se révèle être une petite poupée noir et rouge à pois blancs figurant Minnie, la compagne de Mickey.

Le Guinéen quitte la cabine à cet instant. Je lui tends un bifton de vingt euros en lui recommandant d'aller se revigorer avec un bon caoua et une corbeille de croissants chauds.

Une inspection approfondie de la guitoune ne me fournit aucun indice supplémentaire. On pourrait sans doute y relever des empreintes digitales, mais trop nombreuses et superposées, difficilement exploitables, crois-en mon expérience.

La cabine me préservant un brin du tintamarre de la ville, je sonne Jordanne depuis mon

Nokia, et lui demande si Lydie possédait une poupée Minnie.

– Bien sûr ! s'écrie-t-elle. C'était son jouet fétiche, son doudou. Elle ne s'en séparait jamais. Elle l'avait emporté dans son cartable, le jour de sa disparition.

*

La vendeuse se méprit :

– Vous êtes ensemble ?

La cliente promena un regard circonspect sur Béru.

– Pas vraiment, non.

– On peut arranger ça, rigola le Lubrique, j'ai du temps lib' de cinq à sec !

– Monsieur était avant moi ! répliqua sèchement la femme, une bobo réchappée de la chanson de Renaud[1] et rechapée à grand renfort de botox.

Le genre de gonzesse tirée : à quatre épingles,

---

1. Qui est aujourd'hui ce que Gavroche serait devenu faute de barricades.

par un chirurgien esthétique, et, à l'occasion, par son prof de yoga.

– Allez-y, ma petite dame, moi je fais du lèche-vitrines, fit galamment Alexandre. Après la charcuterie, la lingerie c'est mon commerce préféré.

Mutine rouquine aux allures délurées, la boutiquière exhiba quelques panoplies dentellières que la bégueule s'empressa d'embarquer dans une cabine d'essayage.

– À nous, maintenant, fit la vendeuse d'un ton enjoué. Que puis-je pour vous, monsieur ?

– En fait, y m'faudrait un slip propre.

– Vous avez un modèle en tête ?

– C'est pas d'un chapeau qu'j'ai b'soin, mais d'un calfouette, ronchonna Sa Majesté.

La fille évalua le tour de hanches du sujet. Farfouilla dans ses rayonnages.

– Il me semble que le Jumbo de chez La Perlouze devrait vous convenir. Il est un peu cher, mais très résistant.

– Du moment qu'j'peux y nicher l'cobra, ça fera la rue Michel.

– Vous souhaitez l'essayer ?

– Je veux, ma poule ! Les slips, c'est comme les bagnoles et les gonzesses : on passe du temps à l'intérieur. Vaut mieux s'sentir à l'aise.

Béru investit la cabine libre et débuta son décarpillage. Il fit glisser pantalon et caleçon au bas de ses mollets puis, par flemme, entreprit de poser ses hardes sans ôter ses croquenots. Exercice périlleux pour un individu surpassant le quintal.

Entraîné par sa bedaine, il perdit l'équilibre, se raccrocha à la tenture séparant les deux loges d'essayage. La tringle ne résista pas à la charge et le Mastard, piquant du nez dans la cabine voisine, se retrouva à genoux aux pieds de la cliente qui s'apprêtait à passer un nouvel ensemble.

Le premier réflexe de la femme fut d'empoigner sa poitrine, son bien le plus précieux (aujourd'hui le silicone coûte davantage au gramme que le bélouga impérial). En revanche, elle négligea de se masquer la belette qu'elle avait bien fournie, quoique taillée au carré par un spécialiste du soin capillaire austral.

Le cri d'effroi qu'elle mitonnait resta bloqué

au fond de sa gorge. Céda la place à un roucoulement d'extase à la vue de cette lance dont l'embout violacé se dressait majestueusement vers les spots halogènes du plafond.

*

Quand, de guerre lasse, j'entre dans le magasin, la vendeuse m'accueille d'un air embarrassé.

– Désolée. Je ne sais pas ce qui se passe...

Un indescriptible barouf s'évade des profondeurs de la cambuse. Des couinements, des grognements, des soupirs. Les rideaux des cabines ondulent comme sous l'effet d'une tornade.

– Je cherche mon collègue, expliqué-je, haussant la voix pour couvrir le tumulte. Un gros dégueulasse...

– Il est... il est... en essayage, balbutie la môme.

L'essai doit être transformé, car le fameux *haka* de l'Immonde retentit :

– Haaa, cré bon gu ! Tiens, prends tout, salope !

Je profite de l'accalmie post-fourrette pour questionner la jolie rouquine.

Non, elle n'a rien remarqué de particulier dans la cabine téléphonique. Pas de petite fille, en tout cas. Ni seule ni accompagnée d'un adulte. Mais elle ne passe pas son temps le regard braqué sur le trottoir. Et puis, elle est arrivée tard, ce matin. Sa Yaris qui refusait de démarrer. Les diesels, ça craint le froid.

Là-dessus, Alexandre fait son come-back, rajusté à la va-vite, un pan de sa limouille coincé dans la braguette. Il dépose son emplette sur le comptoir.

– J'le prends ! décide-t-il. Mais vous pourriez me faire un prix : maintenant il est d'occase. Tâtez vous-même, il est d'jà plein d'foutraille !

Retour dans la Cayenne, Béru prend aussitôt les devants :

– Te fous pas en rogne, Tonio ! Cette mémé, j'l'ai pas bouillavée pour la peau...

– Tu t'es fait payer, en sus ? grincé-je.

– Déconne pas ! Du temps qu'elle renfilait ses frusques, elle a entendu ta converse avec la marchande de guêpières. Ta question l'a frappée, because elle avait renouché quelque chose de bizarre dans la cabine, ce morninge vers dix plombes. Elle pensait que la boutique allait pas tarder à ouvrir. Alors elle f'sait les cent pas juste d'vant. Et là, elle a r'marqué un type qui est resté un bon moment à bigophoner...

– Un type ? Y a cent types qui ont dû téléphoner depuis cette cabine dans la matinée. Et après ?

– Après, elle avait d'aut' commissions à faire, et elle a décidé d'repasser c't'aprème.

– C'est tout ?

– Attends, m'coupe pas tout l'temps ! Le gars en question avait appliqué un genre de walkman cont' le combiné. Elle a pensé qu'y f'sait écouter d'la musique à quéqu'un.

Là, il commence à me passionner, le pineur de fond.

– Il était comment, ce type ?

– Elle a pas bien vu sa tronche. Tout ce qu'elle s'souvient, c'est qu'il portait une casquette et un duffel-coït bleu.

CHAPITRE 9

La déconvenue

Crochet par le burlingue.

Les cadors de l'identité ont achevé le portrait virtuel de Lydie. Un chouette crobard en couleurs montrant une gosseline de onze piges, pommettes saillantes, lèvres charnues, sourire mona-lisesque, regard pervenche, cheveux châtain foncé tombant sur les épaules.

– Évidemment, elle a pu devenir boutonneuse, obèse, binoclarde..., commente Toinet. Ce n'est qu'une projection de ce qu'elle devrait être aujourd'hui. On l'envoie quand même à la presse ?

– Prématuré, répliqué-je sèchement. Contente-toi de faire placarder le portrait dans les commissariats, les gares, les aéroports, le circus habituel.

Mon fils m'observe à la déjupée[1].

– Quelque chose qui cloche, p'pa ?

En manière de réponse, je jette sur sa table de travail l'Opinel découvert par Béru.

La bouille de mon fiston se plisse comme un papier peint posé au noir par ton voisin de palier. Il ramasse le couteau.

– C'est le numéro 7 que tu m'avais offert pour mes quinze ans, chuinte-t-il. Y a un bon bout de temps que je l'avais perdu. Où tu l'as trouvé ?

– Chez Mme Dewouter. Alors, soit tu me racontes que tu l'as paumé dans son appartement pendant que tu enquêtais, soit tu me dis la vérité.

Antoine hoche la tête, va fermer la porte de son bureau avant de se confesser.

– J'ai fait la connaissance de Jordanne dans un bistro du Quartier latin quelques semaines avant la disparition de sa fille. Elle était beurrée, je l'ai raccompagnée chez elle, et puis...

1. San-Antonio ne voulait-il pas dire « dérobée » ? *(Note de l'éditeur.)*

– Je vois pourquoi elle a toujours nié avoir eu un amant, maugréé-je. Je comprends aussi les motifs de ton zèle à t'occuper de cette affaire.

– C'est du passé, tout ça, plaide Toinet. Qu'elle ait entrenu une liaison avec moi ou un autre, ça change quoi ?

– La virginité de ta conscience. La présence d'un homme dans la vie de Jordanne a peut-être déterminé le mari à lui soustraire Lydie.

– C'est loin d'être prouvé.

– En tout cas, j'aimerais pas être à ta place si on découvre un jour le cadavre de la gamine.

Mon rejeton pique du naze.

– T'es dur, p'pa.

Une brusque désespérance s'abat sur moi. J'ai encore été infoutu de maîtriser mes paroles, les regrettais déjà tandis que je les prononçais. Il est incontrôlable, chez moi, ce besoin de semer mon grain de sel sur les plaies vives de mon rejeton. Pourquoi une telle intransigeance ? Parce que je rêve d'un fils parfait ? Foutaise ! Sois honnête, San-A ! Honnête avec toi-même : ne serait-ce pas plutôt tes propres imperfections que tu tentes de corriger chez lui ?

Le piètre mérite de la cruauté est de placer son auteur en situation de faiblesse. Je me sens comme un cavalier qui vient de perdre ses étriers.

Pas question pour autant de faire amende honorable. Un père qui bat sa coulpe abandonne toute crédibilité, de même qu'un magistrat qui se déjuge.

Je choisis d'enfoncer le clou, mais en frappant de biais.

– Je te l'ai assez seriné, Toinet, je suis prêt à tout te pardonner, sauf le mensonge. Surtout quand il s'agit du boulot.

– J'ai été con, p'pa ! Mais en ce temps-là, tu me foutais les copeaux.

– Plus maintenant ? fais-je, l'intonation radoucie.

Je rafle l'Opinel, le lui glisse dans la poche.

– Bien. Il n'y a qu'une solution : retrouver Lydie. Et en bonne santé.

L'incursion d'Amélie dans le burlingue clôt le débat. Inutile de trier nos détritus sur son paillasson.

D'autant que Miss Labo ne paraît pas spécialement joyce. Pour être franc, elle tire même un bobinot long comme une nuit sans moi.

– J'ai analysé l'enregistrement, patron. Il s'agit d'un montage numérique.

– Tu veux dire que ce n'est pas la voix de la gamine ?

– Si, si. Mais elle n'a pas débité le texte d'un seul tenant.

– Oui, il est haché, j'avais remarqué...

Elle dissimule mal son agacement :

– Je vais essayer de me faire comprendre. D'après le détecteur vocal à persiflation bipolaire que j'ai utilisé, il apparaît que les mots ou groupes de mots constituant son message ont été assemblés à partir de mots ou groupes de mots appartenant à des phrases différentes.

– On aurait donc bidouillé un texte enregistré par Lydie pour lui faire dire autre chose ? conclut Toinet.

– En quelque sorte, admet Amélie. Mais il y a plus inquiétant. Le logiciel de phonisation translatrice est formel : la voix enregistrée est celle d'une petite fille de cinq-six ans, pas d'une enfant de onze. Cela signifie que nous n'avons toujours aucune preuve que Lydie soit encore de ce monde.

J'esquive lâchement le regard de mon fils.

CHAPITRE 10

Le pot belge

Jordanne s'est changée, pomponnée, mistifrisée. La transformation est saisissante. Elle souffle sur un café fumant comme le Vésuve un soir de 79 après J.-C.

– Vous en voulez ? Je viens juste de le passer.

– Surtout pas. Une seule tasse dans l'après-midi et c'est l'insomnie certifiée, avec le concerto pour deux ventricules en supplément au programme.

– Je ne peux rien vous offrir d'autre. J'ai balancé toutes mes bouteilles dans le vide-ordures.

– Sage décision.

Je lui file le train dans l'appartement sur lequel une tornade blanche semble avoir soufflé.

– Vous avez reçu la visite de *Monsieur Propre* ?

– Disons que j'ai fait un brin de rangement. Je veux que ma petite Lydie se sente chez elle lorsqu'elle va revenir.

Pas le moment de lui parler de la découverte d'Amélie concernant le message. Je n'aborde pas non plus le sujet de Toinet. Elle tient à son secret, à quoi bon la contraindre à le trahir ?

Je m'arrête devant la seule pièce que je n'aie pas inspectée lors de ma première venue.

– La chambre de votre fille, je suppose ?

Elle a un frémissement contenu de secrétaire pincée aux miches par son président-directeur général.

– Je n'y ai plus mis les pieds depuis la fin de l'enquête, fait-elle, un rien oppressée.

– Je peux y jeter un œil ?

– Impossible ! Elle est fermée et... j'ai jeté la clé il y a bien longtemps.

J'extirpe l'ami sésame du fond de mon bénouze.

– C'est pas un problème, laissez-moi faire...

Jordanne se plaque contre la porte.

– Non ! N'entrez pas !

– Je veux juste m'assurer qu'aucun indice n'a pu échapper aux précédentes investigations.

– Je vous en supplie !

– Enfin, voyons, c'est de l'enfantillage.

Je la bigle droit dans les châsses.

– Auriez-vous quelque chose à cacher ?

Elle m'alloue un pauvre sourire.

– Oh non ! Il ne s'agit que de superstition. Durant les mois qui ont suivi la disparition de ma puce, je passais mes journées et mes nuits dans cette pièce, à triturer ses jouets, admirer ses dessins, caresser ses peluches, écouter ses rondes enfantines, baiser ses vêtements. Et puis, un jour, j'ai bouclé cette porte en me jurant que, désormais, seule Lydie aurait le droit de la franchir. Je me suis mis en tête que si quelqu'un d'autre en passait le seuil, ce geste condamnerait mon enfant.

Vaincu, je remise mon passe-partout. Si je te disais que je comprends le défi absurde qu'elle s'est lancé ? En confidence, je trimbale toujours sur moi une lettre écrite à Félicie pour ses quatre-vingts piges et que je n'ai jamais osé lui remettre par crainte de la faire chialer. Depuis, elle circule de poche en poche à chaque fois que je change de fringues. Tu pourrais me découper la ventrêche avec un ciseau de brodeuse, je ne m'en séparerais pas. J'y vois comme une dérisoire garantie de survie de maman.

Pourtant, si l'Antonio consent à renoncer au viron dans la chambre de Lydie, le commissaire lui souffle qu'il fait une mahousse connerie. Mais, que veux-tu, dans ma cahute intime, l'homme de cœur prend toujours le pas sur le fonctionnaire zélé.

D'autant qu'une idée de parade germe déjà dans le limon de mes neurones...

Pour l'heure, changeons de sujet. Quand on reprend une enquête inaboutie, la solution ne peut venir que des pistes mal ou pas encore explorées, c'est cul, F.D.

Or un infime détail me turlupaffe la coiffe :

– Je voudrais que vous me reparliez de cette voiture que votre mari a failli embugner.

– Vous pensez que ça peut avoir de l'importance ?

– Je n'en sais foutrement rien, mais il ne faut

négliger aucun fait. Elle se trouvait stationnée dans l'impasse, m'avez-vous dit.

– Oui. Avec deux roues montées sur le trottoir. Je me souviens que son pot d'échappement dégageait une épaisse fumée et que les codes étaient restés allumés.

– La bagnole vous faisait face ?

– En effet. Le conducteur avait dû se garer en marche arrière. Je me suis fait la réflexion qu'il n'allait pas tarder à se faire houspiller par la concierge du 2. C'est une pipelette à l'ancienne qui lorgne à sa fenêtre comme une murène du fond de son trou, toujours prête à bondir sur les contrevenants.

– Et elle est sortie pour mordre ?

– Pas cette fois, s'amuse Jordanne. Elle devait être aux commissions ou en train d'astiquer la rampe d'escalier.

Un éclair zigzague dans les nues de ma gamberge.

– Si vous avez eu le temps d'observer ce véhicule, ça signifie qu'il était là avant l'arrivée d'Eddy.

– Un bon quart d'heure avant.

– Et il est reparti juste derrière lui !

– Non, au contraire : juste devant lui. C'est Eddy qui a failli tamponner l'arrière de cette voiture qui lui grillait la priorité.

Mes innombrables filatures m'ont enseigné que la meilleure façon de suivre est encore de précéder. Tu n'ignores pas ma promptitude à échafauder un scénario ? Alors, voici le film que je me projette in petto sous le casque :

Supposons que Dewouter ait été pisté, ce matin-là. Le filocheur, sachant qu'il va chercher sa gamine pour le week-end, arrive avant lui sur les lieux. Il se planque dans l'impasse. Ce qui l'intéresse, c'est de savoir où le père et la fille vont se rendre après. Il démarre devant eux. Un vieux classique de la filoche : on part en premier, puis on se laisse doubler. Seulement, à la réflexion, mon raisonnement se révèle boiteux, et même carrément cul-de-jatte. Pour appliquer cette stratégie, il faut savoir jouer les ectoplasmes et surtout ne pas risquer un accrochage avec la guinde suivie.

Tu penses que ton San-A est en train de se monter tout seul le bourrichon ? Je suis bien de ton avis, gros malin. Mais quand il ne reste qu'une vieille carotte à grignoter, on n'exige pas un bœuf en daube comme garniture. J'insiste donc :

– Vous avez aperçu le chauffeur ?

Jordanne écarte les bras en signe d'impuissance.

– Vous savez, je n'ai fait qu'entrevoir sa voiture quelques fractions de seconde à deux ou trois reprises, en guettant l'arrivée de mon mari. Je ne l'ai jamais vu hors de son véhicule.

– Et à l'intérieur ?

– Avec la réverbération sur le pare-brise, je n'ai pas distingué ses traits. Je ne saurais dire si c'était un homme ou une femme. Mais je me rappelle qu'un petit point rouge apparaissait par intermittence derrière la vitre. Une cigarette allumée, je présume.

Un fumeur ou une fumeuse. Plutôt *short* comme fiche signalétique pour lancer un avis de recherche ! songé-je, gagné par le dépit.

– Le véhicule, au moins, vous pourriez me le décrire ?

La bouche de la jeune femme se plisse comme

l'anus de Béru sur le point d'interpréter *Les Matelassiers* au flageolet solo.

– Po po po... Il me semble bien que c'était la même que celle d'Eddy. Une Volvo d'un gris plus foncé. Mais je n'en mettrais pas ma main à couper.

– J'imagine que vous n'avez pas relevé l'immatriculation ? lancé-je sur le ton de la raillerie amère.

Une lueur étrange anime le regard de Jordanne.

– Eh bien, détrompez-vous ! Je n'ai pas noté le numéro, bien sûr, mais j'ai remarqué la plaque. Elle n'était pas française. Les chiffres étaient rouges sur fond blanc.

– Votre mémoire est confondante ! admiré-je.

– Je ressasse à longueur d'année la vision de ma fille traversant la rue. Dans mon subconscient se sont gravés les moindres détails de ces derniers instants de bonheur.

– Rouges sur fond blanc, répété-je après une brève méditation. Une immatriculation belge ?

– Peut-être, je ne suis pas très calée dans ce domaine.

J'observe un nouveau temps mort, réclamé par mon cortex en ébullition.

– Dites-moi, madame Dewouter, avec un nom pareil, votre mari n'avait-il pas des attaches en Belgique ?

– Son père était de la banlieue bruxelloise. Eddy et lui ne se voyaient plus depuis longtemps. Il n'est pas venu à notre mariage et je ne suis pas allé à son enterrement.

– Quand est-il mort ?

– À peu près à l'époque de notre séparation. Mon mari s'est rendu seul aux funérailles. J'ai cru comprendre que le vieux s'était suicidé, mais Eddy refusait de s'étendre sur le sujet.

– Et la mère ?

– Je ne l'ai pas connue non plus. Elle s'est tuée dans un accident d'avion quelques années avant notre rencontre.

– Des frères, des sœurs ?

– Une sœur, Gersande, plus jeune que lui. J'ai correspondu avec elle juste après la disparition de mon petit chou. Mais, au bout de quelques jours, un disque m'a annoncé que son numéro n'était plus attribué. Nos rapports en sont restés là.

– Elle vit en Belgique ?

– À Ixixelles, au nord de Bruxelles, mais j'ignore son adresse. À l'époque, elle a été entendue par la police belge sur commission rogatoire française. Hélas, elle n'avait aucune nouvelle non plus de son frère ni de ma Lydie. Ses coordonnées doivent figurer dans le dossier. Mais elle a pu déménager, depuis.

– On trouvera sa nouvelle adresse. Je vais essayer de la contacter, soupiré-je. On ne sait jamais.

Quand t'aperçois une tuile prête à tomber d'un toit, soit tu la répares, soit tu t'écartes. Y en a qui attendent dessous. Moi, je ramasse une pierre et je la dégomme. Je choisis toujours la méthode la plus expéditive pour régler un problème. Et c'est parce que je suis comme ça, chien follet aux réactions braques, au flair surdimensionné, que je pose la question qui va suivre, de prime abord routinière, qui va pourtant se révéler déterminante, tu vas voir.

– Et la dernière adresse du défunt père, vous la connaîtriez ?

– Je dois avoir ça dans l'agenda de mon ordinateur. Mais la maison a été vendue après sa mort.

Jordanne s'installe à son bureau et lance sa bécane dotée d'un écran plat plus large que celui du Grand Rex.

– Sacré matos ! la complimenté-je. Vous êtes du genre surfeuse ?

– Dans le cadre du boulot seulement. Je prospecte pour une grosse société d'aménagement de courts de tennis. Pas très lucratif comme job, mais ça ne m'éloigne pas de la maison.

– Vous expédiez des mailings ?

– Bien plus sophistiquée comme technique de vente ! Je survole toute l'Europe grâce aux portails de vues aériennes, pour repérer les tennis qui ont besoin d'être refaits, je transmets à la direction les données de ces clients potentiels, qui sont ensuite démarchés. Je suis commissionnée sur les résultats. Un chétif pourcentage, hélas. Ah, voilà ! Notez, commissaire : Freddy Dewouter, presque le même prénom que son fils, 859 avenue de la Reine-Astrid, à Fryttansacq. Une banlieue chic de Bruxelles, je crois.

Une suggestion baroque me vient aux lèvres :

– Avec votre bidule, là, on pourrait la visualiser, cette cagna ?

– Sans problème. Mais attention, selon les sites, les clichés peuvent remonter à plusieurs années. Ce qui occasionne d'ailleurs pas mal de déchet dans ma prospection, certains courts ayant été refaits entre-temps. Attendez... Pour la Belgique, il faut aller sur « www.belgium-view.con ».

Pianotage, deux ou trois clics... Jordanne navigue sur internet comme Ellen MacArthur à bord de son caca marrant (cuir tanné par Bérurier soi-même).

Bientôt une vue aérienne se dessine dans les cristaux liquides. L'image plutôt nette et plein cadre d'une grosse baraque dont on ne voit que l'imposante toiture d'ardoise, du fait de la prise en plongée. En forme de U, la bâtisse est blottie au cœur d'un parc dont les arbres, dépourvus de feuilles, paraissent givrés, ce qui leur confère l'aspect de napperons en dentelle.

À en juger par sa teinte blonde, la cour centrale doit être gravillonnée. Deux véhicules sont parqués devant ce qui ressemble à un perron à double révolution (Juan et Evita). Deux berlines grises, de même gabarit, dont on n'aperçoit naturellement que le capot, le pavillon et le coffre, l'une étant d'un gris sensiblement plus soutenu que l'autre.

Sur l'arrière du corps principal, un tennis orangé vif jouxte une piscine grand bleu au format quasi olympique.

Jordanne pointe la mine d'un crayon sur le bassin pour me désigner un trait sombre dans l'eau claire.

– C'est quoi, ce truc, dans la piscine ? On dirait un tronc d'arbre...

Je dégaine la loupe de mon couteau suisse, reluque le détail légèrement grossi.

– Un tronc, admets-je, avec deux bras en croix.

*

Toinet raccroche.

– Je viens d'avoir le médiateur de Belgium View, p'pa. Les dernières prises de vues de la région de Fryttansacq ont été effectuées le mois dernier. (Il guette ma déception, un rictus malicieux aux commissures.) Mais elles ne sont pas encore sur le site. Le cliché affiché actuellement à l'écran date du lundi 14 janvier 2002. Le temps était limpide ce jour-là, ils en ont profité pour faire rôder leurs zincs.

Je baisse un cil sur le rapport étalé devant moi.

– Incroyable ! C'est le dimanche 13 janvier qu'Eddy devait ramener Lydie à sa mère. Félicie avait raison quand elle me rabâchait : « Aide-toi, le ciel t'aidera » !

– En plus, le type s'est montré coopératif, il nous maile de suite une version originale de la photo. La qualité sera meilleure. Amélie l'a peut-être même déjà réceptionnée.

Je te raconte pas notre cavalcade vers le labo.

L'image est à l'écran et Miss Mathias au clavier. Nous la flanquons comme des serre-livres, mon fils et moi, sans piper, juste à l'admirer dans son numéro de Rubinstein de l'informatique.

Un cercle rouge se trace miraculeusement autour des deux bagnoles de la cour. Un clic, et le rond décrit devient blanc, envahit tout l'écran.

– Je teste notre nouveau logiciel analogique à décryptation modulaire, nous explique la savante femme.

Dans le cercle, des lettres défilent en désordre à une vitesse supersonique. On croirait un alphabet de nouilles qu'un bambin touille dans son écuelle.

La sarabande stoppe brusquement pour laisser place à un texte cohérent, bien que rédigé en angliche. Pas besoin d'avoir accompli ses humanités à Eton pour en entraver le sens : *Les deux objets sélectionnés sont des automobiles Volvo S 80.*

Boum ! Servez chaud !

– La guinde d'Eddy et celle de son suiveur fumeur ! conclus-je, époustouflé.

– Voilà pourquoi on n'avait pas retrouvé la voiture du mari, ajoute Toinet. Elle n'était plus sur le territoire français. Elle a dû être maquillée par la suite et fourguée dans les pays de l'Est !

Réapparition de la photo à l'écran.

Un carré mauve, ce coup-ci, vient encadrer le « tronc d'arbre » de la piscine.

– On dirait bien un corps qui flotte, jambes enfoncées dans l'eau, bras écartés, commenté-je.

– Qui flotte... ou qui nage, suggère Toinet.

– Tout habillé, un 14 janvier, en plein Brabant ? Tu peux l'agrandir, Amélie ?

– On va essayer la loupe numérique, seulement ça risque d'être flou.

Pour être floue, l'image est floue.

Mais nous permet toutefois de constater que le noyé est revêtu d'un duffle-coat bleu.

Demandez bubons, caramels, ecchymoses, chocolats.

Cinq minutes d'anthrax.

TROISIÈME PARTIE

Le mystère s'épaissit

CHAPITRE 11

Le bonhomme de neige

Mlle Trottner apparut en haut du perron, poussant un landau. Elle rajusta sa coiffe, essuya ses besicles envahies de buée.

Elle aperçut l'enfant au bout de la cour, occupé à confectionner un bonhomme de neige.

– On a sonné à la grille, cria-t-elle à l'intention du gamin, je vais ouvrir avec ta petite sœur. Ne t'approche surtout pas de la piscine, hein, sinon je le dis à ton père et il va te faire des oreilles de lapin. Tu entends, Léon ?

Elle prononçait « Léyon », car son statut de nurse anglaise n'avait en rien altéré son accent bruxellois.

Accaparé par son ouvrage, le garçonnet n'avait pas daigné jeter un œil dans sa direction.

– Tu as compris, Léon ? insista-t-elle.

– Ouais, j'suis pas débile !

– Ce qu'il est mal embouché, ce morveux, dit-elle, bougonnant.

Elle fit descendre la poussette en marche arrière. À chaque degré elle cahotait, ce qui déclenchait des cris de joie chez le bébé.

Les roues du landau laissaient deux traces parallèles dans la fine couche de neige fraîche. Ces traînées évoquaient à la nounou celles de sa vieille luge lorsqu'elle dévalait avec ses camarades les pentes des Marolles.

Deux hommes se tenaient au portail, frigorifiés dans leur tenue de demi-saison. Un petit maigrichon et un grand bedonnant. Ce tandem lui fit penser aux Laurel et Hardy des films qu'on projetait dans sa jeunesse au Majestic de la rue Van-den-Haavey.

– C'est à quel sujet ? s'enquit-elle.

– V'z'êtes ma'ame Haümisch ? demanda Oliver Hardy en se grattouillant vigoureusement l'entrejambe avant de renifler d'une narine palpitante les ongles ainsi sollicités.

– Vous êtes dans l'erreur, monsieur, je suis

Mlle Trottner, la nurse des enfants. La patronne fait ses petites commissions, elle ne saurait tarder, savez-vous.

– Eh ben, on va l'attendre ! décida le gros homme en franchissant d'autorité la grille du parc.

– Je ne sais si je saurais vous laisser entrer, savez-vous.

– On a rembour a'ec elle ! mentit hardiment Hardy.

– Et vous êtes ?

– Nous sommes... heu... Témoins de Jéhovah, improvisa Stan Laurel.

– Alors là, oui, il faut voir Madame. Moi, je ne saurais être témoin, je n'ai même pas vu l'accident.

Au pied de la demeure, la brave femme proposa une tasse de thé que l'inspecteur Pinaud[1] s'empressa d'accepter. Béru, lui, peu porté sur les infusions, préféra demeurer dans la cour.

– Sans moi, dit-il, d'autant qu'faut qu'j'aille

1. Futé comme je te sais, tu avais déjà identifié les duettistes, je parie !

faire suinter la morteau. Qu'on l'veule ou non, la bière, ça tombe sur la vessie.

Il s'éloigna en direction du bonhomme de neige que le garçonnet venait de coiffer d'un canotier dépaillé.

La neige étouffant les bruits de pas, l'enfant n'entendit pas le Mastard arriver dans son dos. Il sursauta lorsque ce dernier se planta devant lui. Esquiva la paluche affectueuse qui se tendait vers sa chevelure brune et drue, taillée en brosse.

– Il est chouette, ton bonhomme, le complimenta Béru, mais pour bien faire, faudrait une carotte à l'emplacement du naze.

– Si j'avais une carotte, Laripette, c'est pas là que je la mettrais, répliqua Léon en le gratifiant d'un bras d'honneur.

Alexandre fit un effort surhumain pour ne pas talocher l'insolent. Le moment était mal choisi pour créer un incident diplomatique. Il poursuivit son chemin en ruminant, contourna une aile de la bâtisse, puis déversa son trop-plein de gueuze-lambic sur la pelouse chenue. Dans la neige immaculée, il inscrivit *sale petit con* avec le jet de son pissat.

Braguette mal reboutonnée, il entreprit de fureter dans les remises, ateliers et resserres qui s'ouvraient sur le jardin, sans cesser de fulminer après le mioche.

Sa colère s'envola soudain lorsque, au fond d'un garage, il découvrit une Volvo S 80 gris clair dissimulée sous une bâche.

La plaque minéralogique du véhicule correspondait en tous chiffres à celle d'Eddy Dewouter.

*

Pinuche plongea les lèvres dans la tasse, avala une gorgée de l'insipide breuvage, s'essuya la moustache d'un revers de manche et signifia à l'employée de maison que son thé était tip top.

– Il y a longtemps que vous travaillez pour les Haümisch ? demanda-t-il sur le ton de la conversation courtoise.

– Depuis l'arrivée du bébé.

– Et quel âge a-t-il, ce bout de chou ?

– C'est une fille... (elle sortit l'enfant du landau). Vous ne voyez pas que je porte une jolie petite robe rose, monsieur ? Je m'appelle Léopoldine et je vais fêter mon premier anniversaire dans quelques jours.

L'opinion de César était scellée : inutile de cuisiner la nounou puisqu'elle ne fréquentait pas la maison à l'époque du cadavre dans la piscine.

Mlle Trottner fourra son nez entre les cuisses du poupon.

– Hou... Je crois bien que j'ai fait un gros pâté dans ma couche. Excusez-moi, monsieur, mais je vais devoir prendre congé.

Sitôt que la nurse eut tourné les talons, Pinaud offrit le contenu de sa tasse à un philodendron. Il attendit que le pas pesant de la duègne eût fait grincer le parquet de l'étage supérieur pour entrer en action.

Il parcourut le living du regard, ne trouva rien d'autre à subtiliser qu'un coquetier en argent et une petite cuiller gravée au nom de Léopoldine. Les autres objets de valeur, tableaux de maîtres, statuettes et pendules, étaient bien trop volumineux pour être dissimulés sous son imperméable.

Jeunesse recouvrée grâce au prodigieux traitement d'Amélie, il trotta jusqu'à la pièce voisine qui se révéla être un vaste bureau lambrissé de boiseries anciennes. Il fourragea dans plusieurs tiroirs, fit main basse sur une montre Cartier, un chéquier et une liasse d'euros. En invoquant sa bonne étoile et en priant pour que la petiote ait copieusement emplâtré sa couche-culotte, il se mit à farfouiller dans un placard empli de dossiers dûment classés et étiquetés. Il ne tarda guère à dénicher le document qui l'intéressait. Il le bourra dans sa poche, ainsi que quelques autres feuillets pris au hasard, puis déversa tous les classeurs en vrac à l'intérieur du placard avant de le refermer.

À cet instant précis, son portable se mit à sonner.

– J'écoute.

– *Déguerpissez !* commanda au bout du fil la voix mâle et sensuelle de son chef bien-aimé. *La femme a terminé ses courses, elle prend le chemin du retour.*

Lorsque Mlle Trottner redescendit, Laurel et Hardy avaient quitté la propriété. Elle ne prit pas garde aux divers larcins, mais demeura perplexe.

CHAPITRE 12

La cantine

– Je crois qu'on tient le bon bout, Antoine !

Pinaud me montre la date figurant sur l'acte de propriété des Haümisch subtilisé par ses soins dans le bureau de la villa.

– Regarde : ils ont signé le 3 janvier 2002, soit une bonne semaine avant la disparition d'Eddy Dewouter.

– Beau travail, les gars ! On a bien fait de jouer la partie en finesse. Si les Haümisch sont impliqués dans cette affaire, ils sont sur leurs gardes.

– À mon avis, voilà ce qui s'est passé, reprend l'ex-Vieillasse, décidément en pleine bourre : Eddy vend la maison de son père décédé depuis peu...

Il se tait car la serveuse, une costaude luronne avec des joues en pommes d'api et un popotin de potiron, approche pour prendre notre commande.

Provinciale à souhait, la Taverne de Gambrinus, avec ses banquettes cirées, ses cuivres étincelants et ses nappes en vichy ! La fine fleur des pochtrons du village vient s'y gorger de houblon et s'empiffrer de tomates crevettes et de harengs à la crème.

À la table voisine, quatre rustauds avec des trognes pour théâtre de marionnettes tapent le carton en nous lorgnant de travers.

– Qu'est-ce que je vous sers, *Manneke* ?

Je commande un café, Pinaud un petit blanc de Moselle, quant à Béru, laissant parler son penchant monastique, il opte pour une bière d'abbaye accompagnée des mêmes amuse-gueule que les messieurs d'à côté, vu que ça a l'air bigrement appétissant.

La hussarde prend note sur son carnet à souches sans cesser de toiser l'Enflure :

– Vous, vous n'êtes pas d'ici, une fois !

– Comment qu'vous l'voyez ?

– Je l'entends à votre drôle d'accent.

– Bien vu, Totoche ! J'sus natif d'Saint-Locdu par ma mère et de Port-en-Auge par l'facteur, rigole l'interpellé. Et vous, v'z'avez toujours été Belge, ou c'est à la suite d'une maladie ? (Il se fend la poire.) Bon, allez, grouille, j'ai une dalle à bouffer les briques de ton estanco ! Et la bibine, tu me la serres dans une chope XXL, comme celles derrière ton rade, bicoze j'ai une sacrée pépie, aussi.

– Elles contiennent six pintes, savez-vous ? prévient la bistroquette.

– Pas grave, j'en reprendrai !

Pinuche allume une cigarette d'un seul battement de briquet, sans enflammer sa moustache, récupère aussi sec le crachoir là où il l'avait lâché, sans s'emmêler le ciboulot. Ils valent un pèlerinage à Lourdes, les médocs de ma bru. Si ta belle-doche patine dans le tapioca, viens vite consulter Miss Mathias ! Satisfait ou remboursé, comme disait un eunuque de mes relations.

– Je voulais donc dire qu'après avoir vendu la baraque à la famille Haümisch, Dewouter est peut-être entré en bisbille avec eux...

– Une affaire de carbure, intervient le Gravos. Eddy s'est laissé refilé un chèque en buis, payable le jour des Rameaux. Furax, il part en Belgerie a'ec sa moujingue, le fameux véquende de leur disparition, pour d'mander des comptes.

– Possible ! entériné-je. Explication orageuse dans le parc aux abords de la piscaille, la discussion tourne au vinaigre et le vendeur floué se retrouve à la baille.

– Quelques pelletées de terreau sur le buffet, on planque la Volvo dans le garage et on attend que ça se tasse, poursuit Béru. Le scénario tient la rampe.

– Et il laisse mal augurer du sort de la petite Lydie, complète Pinochet, une larmichette au ras des cils.

– Pas si vite ! freiné-je. Dewouter n'était pas le seul vendeur. Il y avait aussi Gersande, sa sœur. Si elle n'avait pas reçu son dû, elle aurait fait du chambard.

– N'à moinsse que les Haümisch l'aient carmée, elle, et qu'ils n'eussassent engourdi que la part du frangin.

– Cette théorie ne nous explique pas non

plus la présence dans l'impasse de l'autre Volvo, celle immatriculée en Belgique. Ni la raison du récent message émanant soi-disant de la fillette.

La barmaid rapplique avec nos consos et les provisions de bouche de la Gonfle qui tord le nez devant la chicheté des victuailles.

– Ho, la belle, on n'est pas à l'hosto, là ! Dis au chef d'm'envoyer des porcifs pour adulte !

– Tu vas en crever, à force de bâfrer !

– T'inquiète, Tonio. Mourir de faim ou de trop manger, j'ai choisi.

J'avale mon caoua d'une traite, puis louche sur ma dégoulinante.

– À moi d'entrer en scène ! décidé-je. Si Mme Haümisch s'aperçoit des vols de Pinaud et qu'elle prévient la police, on est mal.

Je fourre les paperasses dans un petit sac de toile et me lève.

– J'y vais. Pendant ce temps, mettez-vous en rapport avec le burlingue. Je veux savoir si Dewouter a été payé pour la vente de sa propriété et, dans l'affirmative, où se trouve aujourd'hui cet argent. Que Toinet se mette en rapport avec les autorités belges. Je veux la réponse dans une heure !

– Y a pas le feu ! rouscaille Béru. Il est presque midi. On va pas encore la sauter, non ? J'ai vu qu'en plats du jour y avait anguille au vert, moules frites ou waterzouille de poulet. Comme j'arrive pas à choisir, je vais commander les trois.

– Je m'en occupe, fait gentiment César en dégainant son portable. Te regarder manger suffit à me nourrir.

*

La femme me désigne le canapé d'un geste désinvolte.

– Je vous en prie, asseyez-vous.

Elle prend place sur le fauteuil d'en face, tire sur la jupe de son tailleur sang-dragon. Pas le genre de midinette à croiser haut les gambettes pour te laisser entrevoir la couture de son collant. Son air sévère et l'espèce de chignon savamment tressé sur sa nuque n'ôtent rien à la grâce de ses traits. Ses yeux possèdent la couleur fraîche et lumineuse d'une prairie un matin de rosée et ses lèvres charnues l'incarnat d'une guigne à juste maturité.

Gaffe-toi, San-A ! Quand tu tournes au poète, t'es comme la mayonnaise : pas facile à rattraper. Alors, laisse quimper ! Tes lecteurs n'achètent pas tes bouquins pour sucer de la guimauve. Ou bien va publier chez Harlequin !

Bref ! Voilà une piquante brune parfaitement équipée pour aborder sans heurts les rives de la quarantaine.

– Ainsi vous êtes de la police ?

– Si fait, madame. Je suis le commissaire Van de Vesse.

– Seriez-vous assez aimable pour justifier de cette identité ?

Sans coup férir, je lui tends une authentique carte de matuche d'outre-Quiévrain au nom susmentionné. Tu te demandes comment j'ai réussi à me procurer cette brème, chicanier comme je te connais ? Sache que ce matin, en déboulant à Bruxelles, je suis passé toutes affaires cessantes au commissariat central dire un petit bonjour à mon pote Louison Van de Vesse, collègue et ami de longue date. Je lui ai raconté une vanne sur une prétendue affaire de faux tableaux qui m'amenait avec mes sbires au pays de la moule en fleur. Je l'ai expédié à la machine à café. Il avait laissé sa veste sur le dossier de sa chaise. J'en ai profité pour lui taxer sa carte de fonctionnaire. Il a suffi d'appliquer ma photo sur la sienne et le tour était joué. Pas toujours très à cheval sur la déontologie, le gars bibi, je reconnais. Qui a dit : c'est ce qui fait son charme ?

Vous passerez sous mon bureau, mademoiselle, histoire de découvrir ce qui le fait vraiment, mon charme.

Nicole Haümisch (j'ai lu son préblaze sur l'acte de vente) observe attentivement le document avant de me le restituer. Loin de l'apaiser, l'attestation de ma qualité poulardine avive au contraire son trouble. Elle avale une giclette de salive avant de questionner du bout des lèvres :

– Que puis-je pour vous, commissaire ?

– C'est plutôt moi qui peux pour vous, madame.

Je déballe le contenu de ma sacoche sur la table basse.

– Je pense que ces objets vous appartiennent.

Éberluée, la dame en rouge s'empare du coquetier et de la petite cuiller gravée, lance un regard vers le guéridon où ils sont censés être disposés. Elle bredouille :

– Mais... mais co... comment ?...

Je désigne le chéquier.

– Nous avons trouvé vos nom et adresse sur ce carnet.

– Je n'y comprends rien... Vous pourriez m'expliquer ?

– Mes hommes viennent d'interpeller deux individus recherchés pour de nombreuses effractions dans la région. Ils étaient en possession de ce butin, plutôt maigre, à vrai dire, mais qui constitue néanmoins une charge suffisante pour les envoyer devant un juge.

– Quand ont-ils opéré ?

– Tout à l'heure en fin de matinée. Ils ont reconnu les faits. C'est une nurse qui leur aurait ouvert.

– Mlle Trottner ?

– Sans doute. Ils se sont fait passer pour des témoins de Jéhovah.

– L'idiote ! Je lui ai répété mille fois de n'ouvrir à personne en notre absence !

M'est avis que la nounou va se faire savonner

la calebasse. Espérons que la prestation de mes branquignole ne l'expédiera pas direct à l'A.N.P.E. locale.

– Ne lui en veuillez pas trop, plaidé-je, sous des allures sympathiques et rassurantes, ces lascars sont de redoutables malfrats. Ils ont abusé de la confiance de personnes réputées méfiantes. Vous-même auriez peut-être été dupée.

Mon laïus semble quelque peu l'amadouer.

– Quand même ! Dire qu'ils auraient pu s'en prendre à mes enfants...

– À propos, c'est votre fiston que j'ai vu jouer dans le parc en arrivant ?

– Léon, un vrai diable !

– Faut admettre qu'il est adroit au lancer de boules de neige, dis-je en me frictionnant l'oreille. (J'enchaîne aussitôt :) Naturellement, vous souhaitez porter plainte ?

– À quoi bon, dans la mesure où j'ai récupéré mes affaires ? Sauf si c'est vraiment nécessaire...

Je saute sur l'occase comme un morbac dans le slip neuf de Béru.

– Je puis vous épargner les pesanteurs de la bureaucratie. Le flagrant délit ne fait aucun doute.

À cet instant précis, je me sens comme le funambule pris d'une crampe dans le mollet. Si je fais le moindre pas en avant, je risque de me gaufrer. Mieux vaut tenter de se stabiliser. Je laisse donc l'initiative de la conversation à Mme Haümisch. Mais elle se tait itou, passant en revue le fruit du chapardage.

Ce que j'escomptais se produit : elle tique devant l'acte notarié.

– Je me demande pourquoi ces brigands ont embarqué ces vieux papiers ? cogite-t-elle à mi-voix.

Je feins la candeur :

– De quoi s'agit-il ?

– Du titre de propriété de la maison.

Tu te doutes bien que je m'engouffre dans la brèche.

– Voilà qui est étrange, en effet. Auriez-vous eu un différend avec le vendeur ?

– Pas le moins du monde, pourquoi ?

– Je ne sais pas. Il aurait pu dépêcher ces cambrioleurs dans le but de récupérer l'acte ? Ce n'est qu'une hypothèse gratuite, je vous l'accorde.

– Surtout cinq ans après.

Sur son beau visage empreint de gravité, je lis que la femme rassemble ses souvenirs.

– Non. Tout s'est bien passé, à l'époque. Nous avons signé sans difficulté avec eux...

– Eux ? Ils étaient plusieurs ?

– Le frère et la sœur. La demeure appartenait à leur père qui venait de mourir.

– Ensuite ?

– Les banques ont opéré les transferts et nous avons reçu les clés un mois plus tard. En fait, on ne les a vus qu'une fois, le jour de la signature. C'est un clerc du notaire qui est venu nous apporter le trousseau le 31 janvier, comme convenu.

Elle pousse un long soupir, réprime un frisson.

– Cette histoire de cambriolage me ronge les sangs. Surtout juste après le départ de mon mari.

– Vous êtes séparés ?

Elle éclate d'un rire sonore.

– Oh non ! Geoffroy et moi nous nous entendons très bien. Mais il est promoteur immobilier et il voyage beaucoup. En ce moment, il est au Maroc pour un projet de riads à Marrakech.

D'ordinaire, lorsqu'une mignonne m'annonce que son julot est parti en vadrouille, je prends ça pour une invite à une séance de troufigne baveux. Mais là, franchement, je ne le sens pas. Nicole n'a rien d'une effeuilleuse de braguettes. Je flaire les gisquettes en manque aussi sûrement qu'un labrador la sarcelle blessée dans les roseaux d'un marécage. De toute façon, pour parler net, le désappointement m'étrangle le bec verseur.

Suis mon raisonnement, Dudule : si le couple Haümisch n'a pris possession de la casbah que fin janvier – à vérifier, œuf corse –, il n'avait aucune raison de se trouver dans le parc le 14 du même mois, lors du plongeon d'Eddy dans la piscine.

– Bien ! Disons que les monte-en-l'air ont emporté ces papiers par inadvertance, et oublions la piste farfelue des vendeurs vengeurs, soupiré-je.

– D'autant que ces gens n'étaient pas des rapiats, surenchérit la femme, loin s'en faut. Ils nous ont abandonné tout le mobilier sans majoration de prix. Ils ont même laissé une voiture dans le garage. On pensait qu'ils reviendraient la chercher, mais on ne les a pas revus. Remarquez, elle ne nous dérange pas, cette vieille Volvo, ce n'est pas la place qui manque dans les dépendances.

– On pourrait y jeter un œil ?

En traversant la cour, j'esquive une nouvelle boule de neige.

– Raté, Laripette ! jette le môme Léon en se carapatant vers son refuge, une cabane en rondins construite au sommet d'un marronnier.

Je me promets de lui claquer le beignet à la première opportunité.

Nicole m'aide à retirer la bâche couvrant le véhicule. J'essaie d'ouvrir la portière, mais la guinde est bouclée.

– Désolée, commissaire, nous n'avons jamais été en possession des clés.

À travers les vitres craspectes, je constate que l'habitacle ne contient aucun objet ni effet apparent. Un coup de saveur vite fait dans le coffiot et la messe sera dite.

Crac-boum-hu ! Sésame vient à bout de la serrure en un tour de poignet. Le battant se dresse en émettant le son hypocrite d'un louf fétide.

Une malle de plastique vert wagon, type cantine militaire, occupe tout l'espace du coffre. J'en soulève le couvercle. Nous nous penchons dessus comme les bergers sur la crèche divine.

Le Christ n'aurait pas fait carrière s'il avait eu cette gueule-là !

CHAPITRE 13

Les boutons

– Bienvenue, Anatole ! Tu m'as l'air en forme, après ta petite toilette, ironise le médecin en considérant le squelette. Qu'est-ce que tu as à nous raconter ?

Le zigue se coiffe d'une lampe frontale, ajuste un masque sur son faciès asiate, chausse une paire de lunettes constituée de deux loupes, enfile des gants de latex avant de débuter son examen.

Je flanque un coup de coude à Van de Vesse :

– Dis donc, Louison, il regarde trop *Les Experts Miami*, ton toubib, non ? chuchoté-je au creux de son oreille plus emmiellée qu'une ruche des Alpilles.

– Détrompe-toi, le Dr Ho To Psing est une sommité de la médecine légale dans notre pays.

Par son côté cradingue, Van de Vesse pourrait rivaliser avec Béru. Mais la comparaison s'arrête là. Plus maigre que le patient du légiste, il ne picole jamais, bouffe encore moins et se coltine un fardeau de mélancolie depuis qu'un crabe a prématurément dévoré son épouse.

Il m'attire à l'écart.

– Laissons-le bosser tranquille. Viens, on va prendre un café.

Nous retrouvons Pinuche à la cafétéria de la morgue. Portable à l'oreille, celui-ci prend des notes sur un lambeau de papier cul.

Dans une salle voisine, on entend coulisser des tiroirs et glousser une stagiaire. La fille a entrepris la tournée des chambres froides pour présenter ses pensionnaires au gars Béru.

Le café possède un arrière-goût de chicorée bouillue, mais je m'en tamponne le coquillard avec une patte de manchot femelle. J'attends, stoïque, la remontrance de mon confrère. Elle ne tarde guère :

– Pourquoi m'as-tu raconté des bobards, ce matin ?

– Parce que mon histoire ne tenait pas debout. Tu m'aurais ri au nez de m'être embarqué sur cette enquête avec des éléments aussi fragiles et disparates.

– Maintenant c'est différent, tu as découvert un macchabée en bonne et due forme. En te faisant passer pour un policier belge, selon la déposition de Mme Haümisch aux autorités de Fryttansacq.

Plus question de finasser. Je lui déballe l'alpha et l'oméga de l'affaire. L'évaporation en janvier 2002 d'Eddy Dewouter et de sa fillette. Le message reçu par Jordanne, constitué de mots enregistrés par la gamine quand elle avait six ans. Le type en duffle-coat bleu dans la cabine téléphonique. La bagnole belge dans l'impasse le jour de la disparition. La vue aérienne de la propriété, les deux Volvo dans la cour et son noyé en duffle-coat dans la piscaille. Le duo des faux témoins de Jéhovah, puis mon intervention, et ce que la presse ne tardera guère à qualifier de « macabre découverte ». Je n'omets rien. Sauf la présence de sa carte de bourdille *in my pocket*. Je crois qu'il goberait l'info de traviole. Et puis, je risque d'en avoir encore besoin, de sa brème.

Au nom de notre vieille amitié, du respect mutuel qui nanani nananère, Louison accepte d'écraser le coup et de nous couvrir, Laurel, Hardy et mézigus.

Justement, Stan Pinuche vient d'obtenir par la bouche de Toinet les renseignements que j'avais demandés concernant les mouvements de fonds.

Il relit ses notes sans ânonner :

– Le 10 janvier 2002, le compte des Haümisch a été débité de deux millions d'euros, montant total de la transaction. Un million a été viré sur le compte bancaire bruxellois de Gersande Hisson, née Dewouter, et le second million sur un compte luxembourgeois à l'ordre de son frère Eddy.

César retourne son Trèfle Insonore et poursuit le rapport :

– Mme Hisson a par la suite effectué divers placements dont je n'ai pas noté le détail. Eddy, lui, a fait transférer le lendemain même, soit le 11 janvier, la totalité de la somme au Liechtenstein, puis, aussitôt après, sur un compte numéroté aux îles Alligator. Là, nous perdons la trace du fric.

J'applaudis la prestation du vieux maestro, lequel, du geste auguste du semouleur, m'indique qu'il n'en a pas fini.

– J'ai pris sur moi de procéder à d'autres vérifications, ce qui explique la relative lenteur avec laquelle j'ai accompli cette tâche délicate que tu m'avais assignée. En bref : le notaire, maître Jarnack, a bien fait remettre les clés du domaine à Mme Haümisch le 31 janvier. Elle n'a pas menti sur ce point non plus. D'autre part...

Il se tait, fouille méticuleusement ses poches l'une après l'autre.

– Tu as perdu quelque chose ?

– Mes pilules. J'ai peur de les avoir oubliées à Paris.

– Ça attendra, abrège !

– Alors voilà : selon le service belge des immatriculations, que j'ai consulté, il ressort que ni Geoffroy Haümisch ni sa femme Nicole n'ont jamais possédé d'automobile Volvo. Le second véhicule, celui de l'impasse, ne leur appartenait donc pas.

– On peut ainsi légitimement penser que ces gens sont de bonne foi et qu'ils n'ont rien à voir avec la double disparition de la petite fille et de son père, conclut Van de Vesse.

– Et qu'ils ignoraient la présence du squelette dans le coffre de la Volvo, ajoute Pinaud, toujours à la recherche de ses comprimés miracles.

– D'autant que, si j'ai bien compris, c'est la femme qui t'a parlé spontanément de la vieille bagnole oubliée dans son garage, n'est-ce pas, Antoine ? insiste mon homologue, soucieux de ne pas mêler des grossiums de son patelin à une affaire qui pourrait bien se révéler sordide. (La plaie Dutroux n'est pas encore cicatrisée, au-delà des terrils.)

Louison fourrage dans ses narines, en extrait une confortable provende, la roule en une boulette qu'il expédie d'une pichenette à travers la pièce.

Difficile à contredire, le capitaine Craddock ! Si les Haümisch étaient les meurtriers du locataire de la malle, ils auraient disposé de cinq ans pour s'en débarrasser et faire disparaître la Volvo. Même avec une pince à épiler pour seul outil, ils avaient tout loisir de la désosser, cette gimbarde, et de la virer tôle après tôle à la décharge municipale.

Retour d'un Béru échevelé, flanqué de l'assistante mortuaire. La donzelle a le feu aux joues, le corsage en bataille et une longue stalactite de foutraille à l'ourlet de sa blouse.

– Hé, les gars, nous interpelle le Gueux Alambic, y a le bridé qui voudrait vous causer. J'crois qu'il a trouvé du gras sur son tas d'os.

Délivré de sa panoplie de légiste hollywoodien, le Dr Ho To Psing achève de se laver les paluches, un rictus énigmatique au coin de la bouche.

– D'abord les mauvaises nouvelles, attaque-t-il. La chaux vive dont on a recouvert le corps a considérablement activé le processus de décomposition et détruit toutes les matières organiques, à l'exception du squelette. Impossible de dater la mort du sujet.

– Même approximativement ?

– Disons... entre deux et huit ans, raisonnablement.

– Cinq ans se situant pile au milieu de la fourchette, relevé-je.

– Plausible. D'autre part, ce type possédait une dentition parfaite, ce qui ne facilitera pas son identification.

– Ce type ? Il s'agit donc d'un homme, note Van de Vesse.

– Là, je suis formel. Un adulte de sexe masculin d'environ un mètre quatre-vingts, sans doute svelte et de moins de quarante ans, vu l'excellent état des vertèbres. Pas de traumatisme osseux, aucune séquelle de fracture, même ancienne. Rien ne démontre l'assassinat, rien ne l'élimine non plus. J'écarte cependant l'hypothèse d'une mort par arme à feu. Il aurait fallu que la balle atteigne le cœur sans effleurer la moindre côte, ce qui est peu probable, et qu'en outre elle ressorte de même, car je n'ai pas retrouvé de projectile.

– On a pu le poignarder ? questionne Pinuche.

– Tout à fait. Ou l'empoisonner, l'étouffer... L'étranglement est cependant à rejeter, il provoque des lésions au niveau des cervicales. Il a également pu succomber à une crise cardiaque ou à quelque autre maladie.

– Et la noyade, ça vous irait ? demandé-je.

– Comme un gant ! rigole le toubib en jetant ses mitaines de latex à la poubelle.

Il nous désigne un bidon transparent empli d'une fange effroyable.

– Le squelette n'a pas parlé, reprend-il, mais la bouillie dans laquelle il croupissait s'est montrée plus loquace. Voyez ce que j'ai récolté en la filtrant...

Il dépose deux sachets sur une paillasse.

Dans l'un, je rafle une clé plate et rouillée à tête triangulaire.

– Elle devait se trouver au fond d'une poche du mort, explique le doc.

– Intéressant. Je peux la conserver ?

Louison fronce ses sourcils constellés de miettes eczémateuses.

– Là, tu en demandes trop, Antoine, se récrie-t-il. C'est une pièce à conviction. Et puis, de toute façon, avant qu'on ait dégoté la serrure qui lui convient, on sera aussi mal en point que M. Anatole !

Je remise de mauvaise grâce la clé dans son étui, déverse le contenu de l'autre sachet. Trois petits objets en forme de tonnelets aplatis roulent sur le blanc carrelage du plan de travail.

– La matière plastique résiste à l'oxyde de calcium anhydride, plastronne le légiste.

À y regarder de près, il s'agit de trois boutons.

Le genre de boutons qui agrémente traditionnellement les duffle-coats.

Je crois que Jordanne peut désormais se considérer comme veuve à part entière.

Nous regagnons notre C5 de location. Mes spadassins s'apprêtent à y prendre place. J'ai un autre projet pour eux :

– Mettez-vous à la recherche d'une quincaillerie.

– T'as pété un boulon ? ricane le Mastodonte.

– Presque. Procurez-vous une bombe de WD 40.

– C't'un machin pour la rouille, ça ?

– Très efficace, souligne l'Ancêtre. Je me souviens d'une fois, avec Mme Pinaud, on avait acheté aux Puces un lustre hollandais en fer forgé. Il ne payait pas de mine, on l'avait payé une bouchée de pain. Eh bien, une fois décapé, il avait fière allure au-dessus de la table de salle à manger... (Il réalise soudain son dérapage.) Enfin, c'est bien loin, tout ça... Qu'est-ce tu veux nettoyer, mon p'tit ?

J'exhibe la clé rouillée.

– Ça !

– La chiave du clamsé ? s'étonne Béru. Comment se fait-ce qu'tu l'ayes entre les pognes ?

– *Manipolazione !* En la remettant dans le sachet, j'ai opéré la substitution avec celle d'un placard.

– Si Vent de Prout s'en aperçoive, y va crier aux petits pois !

– Aucun risque. Je connais bien Louison. Il hésite entre prendre sa retraite et avaler une tonne de barbituriques. Notre affaire ne l'intéresse pas davantage qu'un avis de tempête sur la basse Tasmanie.

Je frotte la clé entre le pouce et l'index.

– Au toucher, on devine quelques lettres et chiffres gravés sous la couche de rouille. Faites-les réapparaître. On se retrouve à l'hôtel. Prenez un sapin, je garde la chignole.

– Et sans indiscrétion, tu vas où ? demande Pinuche en extrayant un mégot effiloché de ses vagues.

– Rendre visite à une femme.

Alexandre rafistole une bride vagabonde de ses bretelles.

– Je vais a'ec toi ! décide-t-il. Pas b'soin d's'y mettre à deux pour passer un bout d'ferraille au Miror !

CHAPITRE 14

Les jeunes mariées

À peine installé dans l'ascenseur, Béru lâche une caisse monumentale racontant le waterzoi et l'anguille au vert de midi, plus quelques menus hors-d'œuvre. Il adore s'épancher en vase clos, l'Immonde. Raffole des lieux confinés pour soulager son gazoduc intime, bien profiter de ses émanations. H_2S, c'est son after-shave d'élection. Plus voluptueux que vétiver et patchouli, au gré de son groin.

De la secousse, je m'appuie les sept étages à pincebroque. Pas de cohabitation avec ses miasmes !

Il me rejoint sur le palier, plus essoufflé que moi.

– Putain ! J'me sus embloucané ! J'arrivais pus

à respirer. J'ai dû tomber sur une moule pas franche du collier.

Je presse la sonnette. Au lieu de faire dreling-dreling comme toute une chacune, elle joue les premières notes de « La Brabançonne » (musique de Van Campenhout, paroles de Dechet – ça ne s'invente pas !).

– Ben entre, je suis toute nue ! lance un organe féminin depuis les profondeurs de l'appartement.

Béru m'adresse une mimique égrillarde.

Un chouye décontenancé par cet accueil peu protocolaire, je tourne la poignée. L'accès se fait directement sur un vaste living meublé pur style Baudouin Ier (dit Tiens-voilà-du). Une panthère d'onyx sur un guéridon d'acajou et une peau de tigre étalée devant la cheminée rappellent le passé colonial de la fière Belgique.

Une large baie vitrée laisse découvrir les toitures de la banlieue nord de Bruxelles, avec un bataillon de cheminées dressées comme des soldats dans le ciel crépusculaire.

La pièce est déserte.

Une bouteille de champagne dans un seau de

glace et deux flûtes en cristal trônent sur la table basse.

– On sait r'cevoir, chez ces gens-là, s'attendrit Alexandre.

Trop tard pour le retenir : il a déjà fait péter la roteuse dont l'impétueux breuvage fuse vers le plaftard. Pas gâcher la marchandise, le Gros engame le goulot, siphonne le champ', gloussant et éructant de félicité.

La détonation du mousseux a été perçue par l'occupante des lieux qui, depuis la pièce voisine, exprime son mécontentement :

– Ah non ! Ne bois pas sans moi ! Viens d'abord me rejoindre dans la chambre !

Je vais grattouiller à la porte de ladite piaule.

– Arrête de minauder, reprend la voix off, tu vas voir le beau cadeau que je t'ai fait pour notre anniversaire.

J'écarte la lourde, passe la tronche dans l'entrebâillement.

Une vachasse rousse trois fois plus dodue et mafflue que Berthe Bérurier est allongée à loilpé sur le pucier, un énorme godemichet sanglé à la taille.

En m'apercevant, elle pousse un glapissement de renardeau transformé en bonnet de Davy Crockett. Se cabre dans le lit, utilise le matelas comme trampoline pour s'en éjecter et transborder sa graisse vers la salle d'ablutions où elle se barricade à double tour.

Toute affaire cessante, Béru va se foutre à genoux devant le trou de la serrure, y rive un œil lubrique.

– Qu'est-ce qu'elle maquille ? demandé-je, un tantinet médusé.

– Elle dégrafe l'gode... S'penche en avant pour enfiler une culotte. Parole, son slibard pourrait servir de z'housse à l'A 380 ! Et tu materais ses babines sud comme elles pendouillent... Elle a l'dindon qui cache le mollusque ! Faut s'encorder pour grimper un engin commack ! Avoir escaladé les Grandes-Voraces ou l'Analpurna au prélavable !

Je vire le Con-cul-pissant et toque contre l'huis.

– Ouvrez, madame !

Nouveau cri de frayeur.

– Prenez tout, mais ne me faites pas de mal !

– N'ayez crainte. Nous sommes de la police.

– Je ne vous crois pas ! Allez-vous-en !

– Regardez...

Je glisse la carte de Van de Vesse sous la porte. La voilà aussitôt happée. Bref silence à peine troublé par les halètements de la dondon derrière la cloison.

Et puis le verrou cliquette. La gravosse reparaît, boudinée dans un peignoir de bain. Elle me rend ma brème, tête basse.

– Cette situation est fort gênante, bredouille-t-elle. Je suis confuse.

– Allons, allons, y a pas d'quoi, la réconforte le Mastard. Si j'vous dirais qu'ma Berthe crache pas sur un coup de vibro, d'temps z'à autre. Ça lui décontracte le sensoriel avant l'entrée du molosse à la niche.

– Que me voulez-vous ?

– Vous poser quelques questions. Vous êtes bien Gersande Hisson ?

L'obèse recouvre un brin d'assurance.

– Il n'y a plus de Gersande Hisson !

– Elle est morte ? m'exclamé-je.

– Au contraire[1] ! réplique-t-elle. Elle a enfin réussi à divorcer d'avec son salopard et à se remarier. Elle s'appelle désormais Gersande Lamotte.

– Sur la boîte aux lettres, en bas, le nom d'Hisson figure encore.

– Pour quelque temps encore, à cause du courrier.

– Et vous, vous êtes... ?

– Suzy Lamotte, sa femme.

Le goitre du Goret enfle et se violace.

– Okay ! Je pige le pourquoi t'est-ce du gode, fait-il avec sa délicatesse proverbiale. Vous êtes maquées, les deux !

– Nous sommes mariées, rectifie Suzy. Légalement.

– C'est possible, deux gonzesses ? s'ébaubit Béru.

– En Belgique oui, depuis 2003 !

– Et deux mecs aussi ?

– Idem !

---

1. Comme s'il existait un contraire à la mort ! Même la naissance n'en est pas l'antonyme, mais les prémices.

– Elle est bien bonne, celle-là ! Faudra que je la raconte à Pinuche. Tu nous vois en ménage, la Vieillasse et mécolle ?

D'un geste agacé, je lui intime de nous lâcher la grappe. Il quitte la piaule, boudeur. Tu paries qu'il va vite se consoler avec le restant de la bouteille de champ' ?

– J'ai cru comprendre que votre... compagne devrait rentrer de manière imminente ? reprené-je.

– Elle devrait même être déjà là ! Elle termine à cinq heures.

– Quel genre de boulot ?

– Elle travaille chez un avocat fiscaliste dans le quartier du Sablon.

– Et vous ?

– Moi, je suis kiné. Vous lui voulez quoi au juste, à Gersande ?

– Lui parler de son frère.

– Encore ! À quoi sert de remuer le passé ?

– Vous l'avez connu, Eddy ?

– Nous n'étions pas encore ensemble, Gersande et moi, mais elle me parle souvent de lui. Son étrange disparition l'a bouleversée.

Retour de l'Effroyable, un cadre doré à la main.

– Dites voir, m'ame Lamotte, elle a été prise l'jour de vos noces, cette photo ?

– En effet. C'était il y a un mois jour pour jour.

Béru me flanque le cliché sous le pif. On y voit la Suzy en smoking noir et nœud pape au bras d'une grande femme blonde, revêtue d'une robe blanche plissée comme une meringue.

– La mariée aux cheveux en brosse, c'est donc votre petite femme, insiste-t-il.

– Gersande, oui.

– Ben, je sais où elle se trouve, actuellement.

– Où ça ?

Alexandre approche ses limaces de mon oreille et chuchote :

– À la morgue, dans un tiroir.

CHAPITRE 15

Le coup de bambou

L'avocat me couve d'un regard protecteur par-dessus ses lunettes de lecture pincées sur le bout de son nez. En connaisseur, il jauge la qualité de ma mise, le cuir de mes pompes, le bracelet de ma Cartier ; tout juste s'il ne palpe pas le revers de mon lardeuss, s'assurer que c'est du vrai cachemire.

Grand, svelte, chevelure souple, ondulée, grisonnante, il est fringué avec préciosité, arborant une chemise blanche à jabot sous une veste d'intérieur bleu nuit. Un genre de B.-H.L. en moins prolo, quoi !

Il me désigne la chaise située face à son bureau de ce geste ample et condescendant d'un cureton autorisant ses ouailles à se rasseoir après le Credo.

– Un cognac ? Un cigarillo ? me propose-t-il.

– Rien de tout ça. En fait, je suis venu pour...

– Ne me dites rien, je sais ce qui vous amène, entame-t-il, péremptoire : Vous payez trop d'impôts !

– Possible, mais...

– Et même certain ! Faites-moi confiance, c'est mon métier. Vous avez devant vous LE spécialiste de la défiscalisation off shore. Je tiens à votre disposition toute une batterie de placements sans rivaux actuellement sur le marché international. Rendement maximum, minimum de pression fiscale ! Vous avez frappé à la bonne porte, monsieur... heu...

Une fois de plus, je dégaine la carte de mon copain Louison.

– Commissaire Van de Vesse.

Sa superbe s'effrite comme une statue géante au pays des talibans.

– Ha ! Enchanté, commissaire ! Quand je parlais de placements off shore, il s'agissait de dispositions en conformité avec la loi, naturellement.

– Naturellement, répété-je, énigmatique, manière de le laisser mariner dans son jus.

– Je n'ai rien à cacher... En quoi pouis-je vous être utile ? (Son unique pointe d'accent belge consiste à prononcer « ou » certains « u » suivi d'un « i ».)

Je décide de jouer la partie en trois bandes plutôt que d'attaquer bille en tête.

– Voilà, je souhaiterais m'entretenir avec vous de Gersande Lamotte.

– Pourquoi ?

Tu sais mon extrême agacement devant les questions d'autrui, spécialement quand je suis en train d'interroger ledit autrui.

– Parce que ! le rembarré-je.

Pas besoin de la lui confirmer par fax, il reçoit mon horripilance cinq sur cinq, maître Koodtrijk.

– Je vous écoute, commissaire.

– Depuis quand Gersande est-elle votre employée ?

– Employée n'est pas le mot juste, elle est plutôt ma collaboratrice. Elle prépare tous mes dossiers, me remplace lors de mes voyages d'affaires.

C'est une fille remarquable qui ne compte pas ses heures. Le soir, le week-end, elle emporte du travail à la maison.

– Cela ne me dit pas depuis quand cette perle vous seconde avec tant de zèle.

– Je ne sais plus au juste, disons sept ou houit ans.

– Elle est venue au bureau, aujourd'hui ?

– Ce matin, seulement. Elle a sollicité son après-midi.

– Pour quel motif ?

– Elle ne m'en a pas fourni. Mais elle a reçu un coup de fil dans la matinée. Sans trop prêter l'oreille, j'ai cru comprendre qu'il s'agissait de son ex et qu'il voulait la voir d'urgence.

Le terme de « salopard » employé par Suzy à propos du dénommé Hisson, l'ancien mari de Gersande, me revient en mémoire.

– Ils sont restés en bons termes ? m'étonné-je.

– Comme chien et chat, oui ! Elle l'a envoyé bouler. C'est sans doute cet appel qui l'a perturbée. Leur séparation a été douloureuse. Paul refusait d'admettre l'homosexualité de sa femme.

Il a tout fait pour retarder leur divorce. Et le mois dernier, quand elle a épousé sa copine, il a reçu le coup de grâce. Mais elle a bien fait de régulariser la situation. Sur le plan fiscal, c'est plus intéressant pour elle.

Changement de cap. La barre, toute, sur le passé :

– Vous souvenez-vous de son frère ?

– Eddy ? évidemment. Évaporé sans crier gare. Quelle malheureuse destinée ! Un garçon si brillant, très habile en affaires et qui savait jongler avec les impôts, croyez-moi. Mais le pire, c'est la disparition de la petite Lydie... une si jolie demi-part fiscale ! Gersande a remué ciel et terre pour retrouver son frère et sa nièce, mais... (Il laisse sa phrase en rade.)

Tous les inquisiteurs te le confirmeront, quand on a la chance de tomber sur un bavard, il faut l'encourager à jacter (ne pas se priver de disert). Le torrent de la logorrhée, comme l'Oubangui, charrie parfois quelques pépites.

J'aiguillonne l'avocat :

– Mais ?...

– Mais... elle s'est vite forgé sa petite idée.

– Laquelle ?

– Gersande est convaincue que sa belle-sœur Jordanne n'est pas étrangère à cette double disparition.

Bon coup de masse d'armes sur la théière, pas vrai, l'ami ?

– Savez-vous ce qui étayait sa suspicion ?

– Elle n'a jamais voulu me le dire.

Je me lève, abasourdi, avec la sensation nouée aux tripes qu'un jour nouveau vient de se lever sur mon enquête.

C'est une espèce de zombi que Koodtrijk racompagne à la lourde.

– Connaîtriez-vous l'adresse du mari de Gersande ? demandé-je d'un ton las.

– Du tout. Ce n'est pas un type recommandable. Moins on le fréquente, mieux on se porte.

– Quel style d'individu ?

– Fricoteur.

– Drogue ?

– Drogue, cigarettes, filles... À petite échelle. Je ne sais même pas s'il est fiché chez vous.

– Pas à ma connaissance, éludé-je. Une couverture officielle ?

– Vaguement musicien, barman à l'occasion. Il a toujours mille balles en poche et besoin de deux mille.

– Des marottes, des lieux de prédilection ?

– Tout ce qui est louche. Les boîtes à partouzes, notamment. Il obligeait sa femme à participer à des orgies. D'après Gersande, c'est dans ce genre d'endroits qu'elle a découvert son homosexualité. Aux dernières nouvelles, il fréquentait assidûment un night-club mal famé, je crois que ça s'appelle le Frotti-Frotta, mais vous dire où ça se situe...

– Merci quand même.

Il me tend sa carte de visite.

– Bonne soirée, commissaire. Et pour votre déclaration, si vous avez besoin d'un conseil professionnel, n'hésitez pas !

Je lui en secoue cinq.

– C'est plutôt moi, maître, qui vais vous donner un conseil, mais d'ami : passez vite une annonce pour vous dégoter une nouvelle assistante !

CHAPITRE 16

L'entremetteur

Au moins dix broquilles que je fais du surplace avec ma charrette, englué dans la circulance. En tombant, la nuit a déposé une fine couche de verglas sur la chaussée. Trois bagnoles ont joué au curling à un carrefour, ce qui engendre un monstre embouchonnage aux abords de la Grand-Place. Le concert de klaxons n'améliore pas la situation et m'oblige à pousser la goualante dans mon bigophone portable :

– Allô, Toinet ? Tu m'entends, là ? bramé-je (Aimez-vous que je brame ?) Oui... Je t'expliquerai. En attendant, tu places Jordanne sur écoute téléphonique. Quoi ? Je sais que c'est déjà fait pour sa ligne fixe. À ce propos, elle a reçu d'autres appels de la gamine ? Non ? Je m'en gaffais. Je veux qu'on surveille aussi son portable. Et qu'on établisse une planque devant chez elle, avec rapport détaillé de ses moindres allées et venues. Comment ? Je te dis que je t'expliquerai... Quoi ? Que Pinuche prenne surtout bien ses médocs ? J'crois qu'il les a paumés ! T'inquiète, je veille sur lui...

On toque à ma portière. Un flic en tenue me fait signe de baisser la vitre.

– Excusez-moi, monsieur, mais il est interdit de téléphoner au volant, savez-vous ?

– Je conduis pas, là ! objecté-je. Voilà un quart d'heure que j'ai pas avancé d'un iota.

– Ce n'est pas une raison, une fois.

– Et ça, c'est une raison ?

Nouvelle prestation de la carte de Louison. La présenter à un bourdille ! Faut être gonflé, pas vrai ?

– Vous êtes le commissaire Van de Vesse ?

– De pied en cap.

– Vous allez rire ! À ma brigade, il y a aussi un commissaire Van de Vesse, mais il n'a pas la même tête que vous.

– Je vois, c'est mon jumeau ! Lui, il est d'un

autre père et moi d'une autre mère, c'est pour ça qu'on se ressemble pas.

Satisfait, le matuche me salue militairement et me restitue la brème. Je profite de sa bienveillance pour me garer sur un passage clouté et regagner mon hôtel du pas des patineurs.

Je débusque Béru au bar devant une coupelle de noyaux d'olives et un verre à cocktail vide tendu en direction du serveur.

– Monsieur reprendra un Pimm's ?

– Non, non ! Assez d'fantaisies ! Pas mauvais, ton pin's, mais c'est plutôt une boisson d'collégienne ! Envoie-moi un double pastaga et tu le mouilles à la Suze. Surtout pas d'flotte, hein ? ça me file des grenouilles dans l'estogom. (Il m'avise :) Tiens, te v'là !

– Encore en train d'écluser ?

– Ben, t'as vu l'heure ? Sept heures Ricard, l'heure du berger. Qu'est-ce tu bois, Tonio ?

– Tes paroles, dans un grand verre avec une paille.

Il tapote le tabouret voisin.

– Prends le temps de t'asseoir, au moinsse. On n'vit qu'une fois.

Ma maussaderie ne lui a pas échappé. Il me claque vigoureusement la cuisse.

– Quèque chose qui cloche ?

Je le mets au parfum de mon entrevue avec le boss de Gersande et spécialement des doutes que la fille aurait émis sur l'innocence de sa belle-sœur.

– Tu imagines qu'elle nous ait tous roulés dans la farine depuis cinq ans ? marmotté-je. Que Jordanne soit en fait une mythomane, une schizophrène, voire une dangereuse psychopathe ? Qu'elle ait zigouillé mari et enfant dans une crise de démence ?

– Comme la cinoque qu'a planqué ses lardons dans l'congélateur ? Là, tu dérailles, San-A ! Dois-je tu t'rappeler que l'Eddy barbotait dans la piscaille en Belgerie l'lundi 14 janvier, la photo aérobic le prouve ! Or, ce jour-là, j'interrogeais moi-même sa femme d'ma propre bouche à la Grande Cabane de Pantruche !

– Qui nous dit qu'elle ne l'avait pas noyé le samedi précédent ? Qu'elle n'est pas retournée plus tard planquer le corps dans la Volvo ?

– Tu d'viens complèt'ment médrano[1] ! Si Gersande avait eu la preuve d'l'enculpabilité d'Jordanne, elle en aurait causé aux flics. (Gros soupir.) Dommage, elle est plus là pour s'espliquer ! D'après l'légiste, elle a la cage tauromachique défoncée et l'foie en rillettes du Mans !

Il a raison, Big Bouddha, je dois pas laisser mon citron partir en gamberge buissonnière sur un simple racontar.

– De quoi est-elle morte ? questionné-je, revenant à l'événement frais du jour.

– Culbutée par une bagnole, vers quatorze heures. On v'nait d'l'amener à la morgue quand j'l'ai retapissée dans son tiroir.

– Quel genre de guinde ?

– Une Renault Espace bleu métallisé, s'lon une témouine. Cette gourde a pas eu l'idée d'relever l'numéro.

– Le chauffard ne s'est pas arrêté, bien sûr !

– Il a foutu la gomme et mis les adjas.

– Ben voyons !

Je saute du coq en pâte à l'âne bâté :

---

1. Un correcteur nous signale que Béru voulait sans doute dire « parano ».

– Pinuche est dans votre piaule ?

– Non, mais il est passé. Il a laissé un mot comme quoi il ressortait pour vérifier un truc.

– On va essayer de l'appeler.

– Pas la peine, il a oublié son portab' sur la tab' de nuit, c'vieux gland.

Le barman dépose l'anisette sur le comptoir, escortée d'une nouvelle platée d'olives que le Mastard s'empresse d'ingurgiter en rafale.

Je tends un bifton grand format au loufiat.

– Monsieur est résident, il n'a qu'à signer la note en indiquant le numéro de chambre.

– C'est pour toi !

– Il faut que j'assassine qui, pour ce prix-là ? se marre le gus, un jeunot frisotté à l'œil pétillant, natif de Sétif avec escale à Barbès.

– Tu connais le Frottti-Frotta ?

– Je connais que ça ! (Il baisse le ton.) C'est le meilleur club échangiste de la ville.

– L'adresse ?

– Rue Van de Puut[1], derrière la gare du Midi. Mais je vous préviens, ils n'acceptent que les couples. Hommes seuls *verboten* !

1. T'aurais été déçu que je ne te la serve pas, celle-là.

Je lui allonge un second talbin.

– Tu peux me dénicher une copine ?

– Désolé ! C'est une taule sérieuse, les tapins sont refoulées à l'entrée. Et le videur les connaît toutes.

Je réfléchis à grande vibure.

– Trouve-moi quand même une pute. J'ai une préférence pour les grosses, tu as ça en magasin ?

Le garçon hésite un chouya :

– Y a bien Gudrud, mais elle est franchement tarte et elle pèse deux tonnes.

– Pile ma pointure !

CHAPITRE 17

Le carré blanc[1]

Loin d'avoir été éconduite, Gudrud avait été accueillie avec les honneurs par le videur du Frotti-Frotta. Il ne l'avait pas identifiée comme prostituée notoire. Tout juste s'était-il étonné de voir un pareil cageot flanqué d'un si beau mec. Mais, d'expérience, il savait la complexité d'âme de ses contemporains et connaissait tous les méandres de la turpitude masculine. En la regardant s'éloigner dans les entrailles de la taule, il se dit que cette grosse femelle devait savoir remuer sa graisse. Sûr qu'elle allait trouver preneurs parmi la meute des déglingués du cul qui

1. Chapitre déconseillé aux mineurs, aux puritains et aux manchots.

rappliquaient chaque soir à la recherche de sensations nouvelles.

De prime abord, rien ne différenciait la salle du Frotti-Frotta de celle d'une boîte de nuit lambda : musique douce, lumières tamisées, moquette chinée, tables basses en faux noyer marqueté de nacre bidon, fauteuils tapissés de velours grenat (synthétique, car plus facile à ravoir).

En revanche, la profondeur des banquettes et l'empilage des coussins pouvaient surprendre un œil non initié.

Il était encore tôt et les festivités ne faisaient que débuter. De-ci de-là, quelques couples ou petits groupes de chalands buvaient un verre en devisant, un peu comme au café du Commerce. Dans le clair-obscur d'une alcôve, une grande blonde et un petit chauve, tous deux platinés – elle de la chevelure, lui de l'American Express –, venaient de prendre une encolure d'avance sur le gros de la troupe. Corsage échancré, la fille offrait à son partenaire la première tétée du soir.

Gudrud ne prit pas garde à eux, suivant la ligne lumineuse incrustée dans le sol et qui conduisait aux toilettes. Vastes et curieuses latrines, en vérité, avec des cabines de W.-C. d'un côté, un alignement d'urinoirs de l'autre, et, au milieu, une rangée de bidets à jet rotatif.

À califourchon sur la monture du centre, une dame d'une cinquantaine bien sonnée procédait avec dignité à un prélavage du joint de culasse. Son porte-jarretelles mauve paraissait mal assorti à sa coiffure de quincaillière.

Loin de l'effaroucher, l'intrusion de Gudrud la ravit. D'autant qu'elle raffolait des replètes dont les senteurs de suint l'enivraient.

– Salut ma belle, fit-elle, gourmande. Tu dois avoir une bonne minouche bien grasse, toi.

– On se plaint pas, minauda l'obèse.

– Je t'ai encore jamais vue ici ?

– J'viens pas souvent. C'est un copain qui m'a donné l'adresse.

– Qui ça ? Je connais tout le monde.

– Paul Hisson.

– Popaul ? Ben, il est là, ce soir, tu l'as pas vu ?

– Je viens juste d'arriver. Pis, je suis un peu intimidée. J'ose pas trop dévisager les gens... Il est avec qui ?

– Lisa, sa nouvelle copine, une petite blonde frisée en robe noire. Celle-là, je peux te jurer que c'est une vraie salope... Pire que moi, je crois ! Tiens... puisque tu te trouves à bonne hauteur, penche-toi en avant, ma poule, je vais te faire une feuille de rose en guise de bienvenue.

– Non, non, plus tard ! refusa Gudrud. Escuse, mais faut d'abord que j'aille démouler un cake.

Elle s'enferma vivement dans une cabine et attendit que l'écuyère eût achevé son rodéo et rejoint le salon.

Elle dévida un chapelet de papier toilettes, le trempa dans l'eau de la cuvette et se débarbouilla de son maquillage. Puis elle ôta son châle et sa robe gitane sous lesquels elle arborait des vêtements d'homme.

De Gudrud il ne subsista bientôt que les frusques cédées à prix d'or par la grosse pute, roulées en boule dans la chasse d'eau.

Et c'est un Bérurier fringant et goguenard qui ressortit des goguenots.

*

Personne ne s'est gaffé de la métamorphose de l'hippopotame ni de son changement de sexe. Bien trop occupée, l'assemblée, pour s'arrêter à de menus détails. À un signal donné par la maîtresse des lieux, une maquerelle classieuse en robe fourreau lamée dorée, la populace s'est décarpillée à l'unisson. Chacun, comme à l'atelier, a remisé fringues et morlingues dans un casier individuel à code, pour éviter la fauche. Inutile de te préciser que j'ai gardé mes sapes. Sans être pudibond, je sais préserver ma dignité.

Mes voisins de droite, un couple de marchands de bestiaux en goguette, sont déjà au turbin. Belge certifié conforme, le partouzeur débute l'orgie avec sa propre épouse. À croupetons sur la banquette, la mémé pompe son toucheur de bœufs en émettant le bruit d'un plat de nouilles qu'on touille.

Son derche plantureux se dandine au niveau de mes naseaux comme une invite à bouffer dans sa gamelle. La gerbe aux lèvres, je détourne les yeux de ce cloaque hirsute et poisseux.

Déloqué en plein, Béru radine sur ces entrefesses (lui-même dixit). Il a déjà dégoté pantoufle à son ribouis, en l'occurrence une imposante Antillaise qui a conservé son foulard Negrita noué sur la crêperie. Accrochée à son paf colossal, elle le suit comme un maître peinant à maîtriser son labrador.

– V'nous faites une p'tite place, monseigneur ? demande le Gravos.

Il s'avachit à mon côté en ahanant. Tandis que la doudou s'assoit sur son mandrin et l'engloutit d'un bloc, Alexandre me désigne un mec sur la banquette d'en face.

– L'grand brun, là-bas, en train d'brouter la p'tite blondasse...

– C'est lui ?

– Recta.

– On fait comme on a dit, et tu le perds pas de vue.

– Banco !

Des gémissements, des gloussements, des grognements s'élèvent tous azimuts et une senteur mêlée d'eau de lavande et de boulette d'Avesnes enveloppe peu à peu la pièce.

Tu me croiras si tu voudras (pour user de la syntaxe bérurienne), mais c'est la première fois que je fréquente une boîte échangiste. Au cours de mes enquêtes, il m'est arrivé de débouler dans ce genre de lupanars le temps d'une perquise ou d'une interpellation. Jamais d'y installer mes pénates.

Maudites premières fois !

« La vie est une succession de dernières fois », écrivait Simenon, pensant exprimer ainsi l'effroi suprême de la vieillesse en marche. Je crois qu'il existe pis encore : ce sont les premières fois. La première fois que tu hésites à grimper à l'échelle pour cueillir des cerises, que tu contournes un obstacle plutôt que de le sauter, que ton fils te laisse gagner au tennis, que tu confies ta prostate à un urologue, que tu achètes un tube de Corega, que tu confonds ta fille avec ta sœur, ta sœur avec ta tante, que tu perds autant de cheveux que de souvenirs...

Cette première fois d'aujourd'hui me débecte plus que toute autre. Mon Dieu, si Tu existes, prends pitié de moi, pauvre mâle en errance qu'un amas de viandasse suffit à émoustiller ! Because, en confidence, malgré ma répulsion, je suis en train de me choper une gaule gaullienne.

La Martiniqueuse de la Gonfle a remarqué la turgescence de mon froc et d'une pogne érudite effeuille ma braguette. Son cornac, un vieux birbe maigrelet, aussi blêmasse qu'elle est ambrée, vient de recoller au peloton. Tout en matant son égérie pâmée sur le boute-joie de Béru, il tente de se relancer à la manivelle. Peine perdue, y a bien longtemps que son chamallow lorgne ses fixe-chaussettes.

Je voudrais pouvoir les reluquer et les esgourder, tous ces gugusses, demain matin au petit-dèje, devant leur bol de Phoscao :

« Alors, comment qu'elle est, la biroute à Riri ?

– Courte mais trapue. Tiens, rebeurre-moi une tartine. »

Quand on n'a plus que le cul à offrir en partage, surtout celui des autres, la véritable misère s'installe alors inexorablement.

M'enfin quoi ! Quand faut y aller, faut y aller.

Je me lève, au grand désespoir de la fouisseuse de caleçons, referme ma glissière et me dirige vers le sieur Hisson.

Menu dégustation terminé, Popaul vient d'attaquer la suggestion du chef. Vautrée sur lui, la blondinette se trémousse, empalée jusqu'à l'os à moelle. Il surprend mon regard braqué sur le dargif de son brancard, y suppute de la convoitise :

– Te gêne pas ! me lance-t-il. Quand y en a pour un, y en a pour deux !

– Faudrait d'abord demander à Mademoiselle !

La môme tourne la tête et me vote un sourire gourmand.

– Qu'est-ce tu crois, play-boy, que je suis ici pour broder des napperons en dentelle ?

Elle se claque les miches :

– Allez, vas-y, et pleure pas ton coup de reins, j'adore faire le jambon dans un sandwich.

Je lui chope la menotte pour un baise main langoureux, profite de l'occase pour vérifier le nombre inscrit dans sa paume. Il s'agit du 13. Je t'explique : à l'entrée de ce boxon, on t'applique un coup de tampon attribuant un numéro de casier à chaque couple. Comme dans les balloches d'antan pour faire la chasse aux resquilleurs.

– Je vais me mettre en tenue et reviens tout de suite, soufflé-je, le ton gavé de promesses.

Je disparais dans la pénombre, me faufile côté vestiaire. Pas besoin d'être Louis XVI pour crocheter le frêle cadenas à combinaison protégeant l'armoire 13. L'inventaire est rapide. Je néglige le manteau de cuir, la robe noire de la fille, son string tire-bouchonné, ses escarpins fourbis et sa tablette de pilules pour me consacrer aux effets du matou.

Hormis deux sachets de coke, une barrette de shit et une liasse de biftons de cinquante euros, je ne déniche rien qui mérite d'être mentionné. Pas de papiers, pas de clé, ni de domicile ni de bagnole. La direction doit recommander l'anonymat à ses clilles en cas de rafle malencontreuse.

Ce débordement de prudence n'arrange pas mes bidons. En confidence, l'ami, j'espérais bien dégauchir l'adresse de Popaul dans son larfeuil. À plusieurs reprises, au cours de la soirée, j'ai essayé de joindre Suzy Lamotte pour obtenir le renseignement. Hélas, la récente veuve ne se trouvait pas *at home*, épanchant sans doute son éplorance chez quelque gougnote de ses relations.

Force est donc d'attaquer le lascar de front. Un bon stratège sait se résoudre à modifier ses plans.

Dernière palpation, par acquit de conscience. Et c'est alors que je découvre, au fond d'une poche de la veste, en dessous du tire-gomme, une enveloppe format réduit.

Lorsque mon ange gardien passera pour ses étrennes de Noël, fais-moi penser à lui refiler une belle obole : la missive est destinée à Paul Hisson. Il a dû la ramasser aujourd'hui dans sa boîte, car le cachet de la poste belge fait foi de la date d'hier.

À l'intérieur, une simple carte de visite à l'en-tête de Gersande Lamotte. Le texte est court, griffonné à l'encre verte d'une écriture nerveuse :

> *Paul,*
> *C'est fini, ton chantage.*
> *Tu n'auras plus un rond.*
> *Fais ce que tu veux, je m'en fous.*

Je mémorise l'adresse, enfouille la drogue, remets le reste en place, rajuste le cadenas et regagne le salon de la fourrette.

La donne y a changé. Des groupes plus conséquents se sont constitués. Je cherche Popaul dans la pénombre, finis par le repérer en pleine course de lévriers avec la marchande de bestiaux, laquelle turlute le petit chauve, lui-même en train de minoucher l'Antillaise revenue du diable vauvert, tandis que celle-ci broute une vioque à mise en plis de quincaillière, mesdames et messieurs bonsoir.

Sur l'autre rive, une grappe de folleducs, parmi lesquelles la pétasse de Hisson, s'est agglutinée autour de Béru et de son braque abracadabrantesque.

Je récupère mon pardingue et m'esbigne dans l'indifférence générale.

Un froid polaire s'abat sur mes endosses. Je relève mon col, galope jusqu'à ma guinde de location garée à deux rues du Frotti-Frotta. Dégivrage maxi, chauffage à bloc, je bigophone à l'hôtel. Entre deux bâillements, le veilleur de nuit m'informe que M. Pinaud n'est toujours pas rentré.

À deux plombes du mat' ? Cela ne laisse pas de m'inquiéter, ainsi que l'écrivait fort gracieusement la marquise de Sévigné à Mlle de Grignan qui lui avait confié n'avoir pas vu ses ours depuis la mi-carême.

Où est-il donc passé, l'ancêtre ?

« Un truc à vérifier », avait-il laissé pour tout message. À propos de la clé trouvée sur la dépouille présumée d'Eddy Dewouter ?

Possible, et même probable.

S'il a découvert un indice, pourquoi n'a-t-il pas sollicité notre aide, au lieu de se lancer tout seul dans ses recherches ? Il n'est plus de trempe. Surtout après l'arrêt brutal de son médicament.

J'ai la vilaine impression qu'il s'est flanqué dans une drôle de béchamel, ce vieux bouc !

Avant de démarrer, je pianote l'adresse de Paul Hisson sur le cadran du G.P.S. Une voix cyber-cul-d'ail annonce que l'itinéraire est en calcul. Presque aussitôt, elle ajoute :

« *Vous êtes arrivé à destination.* »

Je commence à vitupérer contre le connard de loueur et son G.P.S. de merde, lorsque je renouche la plaque de rue vissée sur l'immeuble d'en face et le numéro surplombant la porte cochère.

T'as pas la berlue, Lulu : t'es parqué juste devant la crèche du partouzard ! Il n'a pas à aller loin, Popaul, pour accomplir ses galipettes.

La baraka, comme la scoumoune, obéit souvent à la loi des séries. Figure-toi que la bagnole stationnée de l'autre côté de la strasse est une Renault Espace, qu'elle m'a l'air bleu métallisé et que sa calandre avant est enfoncée.

On parie que c'est bien cette tire qui a repassé Gersande Lamotte ?

CHAPITRE 18

Le jeu des clés

Ayant cerné le personnage, je m'attendais à trouver un appartement en foutoir. Une piaule avec des draps de satin et des glaces au plaftard. Bien au contraire, tout est ordonné, rangé avec méticulosité, propret et d'un classicisme affligeant. On pourrait croire la turne d'un employé aux écritures dans un sous-ministère.

Bizarre, un type capable de gamahucher des fions toute la nuit, mais qui plie sa serviette à cul au cordeau et ne supporterait probablement pas qu'on s'éponge le visage avec.

J'achève mon inspection. Farfouille dans ses paperasses. Découvre que le zigue est natif de Liège, ce qui ne tire guère à conséquence, avoue. Tout est nickel et je ne relève rien de suspect.

Seule note discordante : un sachet de coke sur le parterre de l'entrée, au pied du portemanteau, chuté sans doute d'une poche. Je le laisse en place. Si je ne peux pas faire valoir la dope illégalement chourée dans son vestiaire à l'auberge du Spermato Vagabond, cette dose me permettra, le cas échéant, de faire pression sur Paul Hisson pour détention illicite de drogue.

À droite de la porte, une clé de bagnole est accrochée à un clou. Le losange Renault suggère qu'il s'agit de l'Espace garée au bas de l'immeuble. Je suis en revanche surpris de ne pas trouver les clés de la cambuse. Il ne les avait pas sur lui, Mister Queutard, à moins de se les être carrées dans le train, comme pratiquaient les bagnards au temps de Papillon.

Je confie mon pétrousquin au canapé du salon, le temps d'une conférence au sommet avec le gars Moi-même. Si tu tiens à y participer, te gêne pas, je gamberge en multiplex.

En substance, j'imagine le topo suivant : Paul Hisson, bien que divorcé d'avec Gersande, a toujours barre sur elle. Il lui soutire du fric en exerçant un chantage, ainsi que l'atteste la lettre raflée par mes soins au Frotti-Frotta. Ce chantage est-il en rapport avec la disparition d'Eddy et de sa gamine ? Tu n'en serais pas étonné, sachant avec quelle minutie j'orchestre mes histoires.

Moi non plus.

Popaul palpait le carbure sans le moindre scrupule. Et puis, patatras ! Gersande décide de ne plus cracher au bassinet et lui expédie la missive. Il la reçoit au courrier de ce matin. Furibard, il appelle son ex au boulot. Lui file rencart pour tenter de faire pression sur elle. Mais elle ne veut rien entendre. Pis, elle le menace à son tour de dévoiler son chantage, ses petits traficotages, que sais-je ? Pour se venger, ou la faire taire, il lui fonce dessus avec sa caisse et la ratatine.

On dirait que ça se tient, non ?

À ce stade de ses investigations, tu sais comment agirait un flic routinier et respectueux des lois, Eloi ? Il réveillerait en pleine nuit le commissaire Van de Vesse, l'informerait de ses découvertes, réclamerait une expertise de la Renault Espace et la vérification de l'emploi du temps de Paul Hisson à l'heure de l'accident. Voilà ce qu'il ferait ! Et puis il rentrerait se pieuter après avoir établi sa note de frais et comptabilisé ses heures sup'.

Moi je fais différemment parce que *je suis* différent ! Je fonctionne au jus de tarbouif première pression à froid.

Pas besoin de l'analyse A.D.N. d'une tache de résiné sur le pare-chocs pour piger que la tire stationnée dans la rue est responsable de l'accident mortel de Gersande. Ni d'une enquête de voisinage pour deviner que l'ex-mari ne pourra présenter aucun alibi fiable.

Alors je gagne un temps précieux en m'épargnant la chienlit administrative.

J'en suis là de mes cogitations lorsqu'on frappe à la porte. Deux tocs discrets, bientôt suivis de heurts plus véhéments.

Je bondis sur le va-et-vient et plonge la cagna dans l'obscurité.

– Paul ! lance une voix de femme. Je sais que tu es là, j'ai vu ta voiture.

Un silence.

– Même si tu n'es pas seul, ouvre-moi, Paul,

reprend la fille. Il faut que je te parle. C'est grave.

J'hésite sur la conduite à tenir. Pas longtemps, car une clé tourne dans la serrure.

En deux foulées je vais me placarder contre la cloison, de manière à me retrouver derrière la lourde lorsqu'elle pivote. Je laisse la visiteuse nocturne s'engager et redonner la lumière. D'une bourrade je pousse la porte, alpague l'arrivante par un brandillon.

Elle pousse un cri de terreur et tente de me balancer son genou dans les joyeuses. Je pare le coup avec mon avant-bras.

– Du calme ! ordonné-je.

La môme se dégage de mon étreinte et me fait face, en position d'autodéfense, sa main droite armée d'un casque de moto.

Beau brin de fumelle, la karatéchatte ! Moulée dans une combinaison de cuir noir, elle porte une longue chevelure dorée qui lui cascade dans le dossard jusqu'aux miches.

– Qui êtes-vous ? jette-t-elle, haletante.

– Un ami de Paul. Et vous ?

– Une amie de Paul !

– Les amis de nos amis sont nos amis, pas vrai ? Alors, détendez-vous.

Sans relâcher sa vigilance, la motarde recule de deux pas et dégage son téléphone portable.

– Je vais appeler la police !

– Économisez votre forfait, mignonne, dis-je, sortant derechef la sempiternelle carte de Louison.

La belle libère un typhon de soulagement.

– Hou ! Vous m'avez fait peur.

Elle dépose son couvre-chef blindé sur une console, lisse son imposante tignasse.

– La police ! Je comprends... Vous êtes là à cause de cette pauvre Gersande ?

– Vous êtes déjà au courant ?

– Je travaille au journal *Le Soir*. Oh, je ne vise pas le prix Pulitzer, je suis pigiste aux faits divers. La dépêche relatant l'accident est arrivée entre mes mains. J'ai essayé sans succès de joindre Paul au téléphone. En rentrant, je suis passée, c'est sur mon chemin.

– Vous finissez tard, relevé-je.

– Cette semaine, je suis de bouclage.

– Donc vous commencez tard, également ?

– À quatorze heures, ça fait quand même de bonnes journées.

– En partant au boulot, aujourd'hui, vous avez emprunté le même itinéraire ?

– Comme tous les jours.

– La voiture de Paul, c'est bien l'Espace bleue stationnée là, en bas ?

– Oui, pourquoi ?

– En début d'après-midi, se trouvait-elle à la même place que maintenant ?

La fille n'a pas l'ombre d'une hésitation :

– Non. Elle n'était pas dans la rue. Je me suis même fait la réflexion que Paul était tombé du lit. En général, il se lève à l'heure où se couchent les poules.

Quand je te disais que Hisson n'aurait pas d'alibi ! Tu vois que c'était pas nécesaire d'ameuter la garde pour en acquérir la preuve.

– C'est un fameux noceur, non ?

– L'empereur de la guindaille[1] ! Mais à côté de ça, le cœur sur la main. Seulement il a eu une descente d'organe.

1. Bamboche, en wallon. Un belgicisme par-ci par-là fait couleur locale.

– Il a déjà essayé de vous entraîner dans ses petites sauteries ? questionné-je.

– Jamais ! se récrie-t-elle. On se connaît depuis l'enfance. On était voisins et il m'a toujours considérée comme sa petite sœur.

Elle se tait, m'observe longuement. Sans vouloir me hausser du col, je te fous mon billet qu'elle me trouve à son goût, la petite journaleuse. Dans son regard pervenche pétille une flamme que j'ai appris à déceler. Tu peux voir danser ta bite dans le cristallin d'une femme pour peu que tu aies suivi quelques cours du soir avec Madame Irma.

Je lui tends la main, elle la saisit. Je l'attire. Elle laisse venir son corps contre le mien. Au moment où nos lèvres vont se joindre, elle me repousse gentiment.

– Vous en savez beaucoup sur Paul, murmure-t-elle. Vous le soupçonnez de quelque chose, n'est-ce pas ?

Elle me désigne, sur le sol, le petit sachet de cocaïne.

– C'est pour ça que la police s'intéresse à lui, hein ? Elle en a rien à foutre que son ex-épouse se soit fait écraser par un chauffard !

Je demeure coi. La magie est rompue.

Ce sont les braises du mépris qui couvent maintenant dans son œil.

Elle rafle son casque, le chausse après avoir roulé sa crinière à l'intérieur.

– Bonsoir ! me jette-t-elle. Je laisse les clés sur la porte.

– Ça n'est pas votre trousseau ?

La môme hausse les épaules.

– Je vous ai dit qu'on était amis, pas amants ! Ses clés, il les remise sur le palier, derrière la porte en fonte du compteur d'eau. Tout le monde est au courant. Ça lui évite de les perdre quand il rentre trop pété. Salut !

– Un instant ! Laissez-moi vos coordonnées. J'aurai peut-être d'autres questions à vous poser.

Elle me tend sa carte de visite, tourne les talons et claque la porte derrière elle.

Pas le temps de me lamenter sur cette grande histoire d'amour avortée que mon portable tintinnabule. J'ois un Béru survolté :

– Allô, Tonio ? J't'appelle s'lon c'qu'on avait conviendu. On est dans la merde jusqu'aux moustaches. Imagine que l'Popaul fait un foin d'tous les diacres comme quoi on a fouillé dans son casier ! Y s'rhabille, y va s'casser !

– Et sa morue avec ?

– La môme Lisa ? Non ! Elle est encore au taf. Si c'était une sucette, elle aurait trois bâtons, si tu mords c'que j'veux dire. Alors, qu'est-ce qu'on branle avec son julot ?

– Tu le sautes !

Coassement d'Alexandre.

– Quoi ? Ça va pas, la tête ! J'viens déjà d'm'appuyer sept gonzesses ! Et pis les mecs, même pour les b'soins du service, c'est niet !

– Je te demande pas de l'embourber, ballot, mais de l'arrêter ! rectifié-je.

– Ah bon ! fait le Gravos, rassuré. Et j'en fais quoi ?

– Un paquet-cadeau et tu me l'amènes chez lui. Tu as de quoi noter l'adresse ? C'est à deux pas...

– T'inquiète ! J'saurai lu faire cracher où c'qu'il crèche !

CHAPITRE 19

Le mauvais rail

La mandale du Gravos l'envoie valdinguer contre la console de l'entrée dont la gracilité Louis XV s'accommode mal d'un tel assaut. Le précieux meuble vole en menus fagotins.

Assis parmi les décombres, Paul Hisson se frictionne la joue, hébété. Béru le chope par le collet, l'oblige à se remettre sur pattes.

– On t'a posé une question, mec ! Alors, soive t'y réponds avec calme, soive c'est moi qui perds le mien !

– Puisque je vous dis que je n'ai pas bougé de chez moi de toute la journée !

– T'en veux une aut' ? menace le maître castagneur.

– Je vous jure ! Je m'étais pieuté à dix heures

du matin, complètement cassé, alors j'ai roupillé jusqu'à huit heures du soir. C'est Lisa qui m'a réveillé. J'ai pris une douche et on est allés dîner dans un restau japonais du quartier...

– On s'en branle, d'ta bouffe de niaquoué ! gronde le Terrifiant. Nous, c'qu'on veut savoir, c'est où t'étais à deux plombes de l'après-midi, point barre !

– Je vous le répète : dans mon plumard !

Alexandre amorce une nouvelle beigne, se ravise et décoche un direct très sec dans la boîte à sushis de sa victime. Souffle émondé, la tripe à fleur de lèvres, Paulo met genou à terre.

– J'étais au lit... je dormais..., pleurniche-t-il. Je peux pas vous dire autre chose, c'est la vérité !

Je fais signe à mon acolyte frénétique de mettre une sourdine à son cornet à pistons.

– Alors, comment expliquez-vous, monsieur Hisson, qu'à quatorze heures votre Renault espace se baladait dans les rues de Bruxelles ?

– Ma bagnole n'a pas bronché, je vous assure. Les clés sont à leur clou, voyez vous-même.

Je lui tends la main, l'aide à se relever. Il peine à tenir sur ses paturons. Deux gnons de

Béru au sortir d'une partouzette, ça vous sape son bonhomme, parole !

Je l'escorte jusqu'au salon, le laisse s'affaler dans un fauteuil avant de le réentreprendre :

– Votre véhicule a provoqué un accident.

– Pas vrai !

– Un accident mortel.

– Merde ! Le con !

J'embraye sur ce cri du cœur :

– Qui est le con dont vous parlez ?

– J'en sais rien... De çui qu'était au volant, puisque c'était pas moi ! Ça arrive que des potes empruntent ma voiture. Ils entrent, ils prennent les clés, ils les rapportent...

– Sans vous réveiller ?

– Ici c'est comme dans un moulin.

– Vous croyez me faire gober cette fadaise ?

Je retiens in extremis le poing punisseur du Mastard.

– T'es trop patient a'ec c'te vermine, Tonio ! peste-t-il. Va faire un tour et confise-le moi cinq minutes. Quand tu r'viendras, y s'ra prêt à avouer qu'il a cassé le vase d'Arpajon !

– Non, Gros ! C'est toi qui vas prendre l'air.

Rentre à l'hôtel et mets-toi à la recherche de Pinuche.

– L'a toujours pas r'fait surface, la Vieillasse ?

– Aux dernières nouvelles, non. Tu trouveras sûrement un taxi aux abords de la gare du Midi. Fais-toi conduire sur la Grand-Place. Y a qu'un hôtel, et c'est le nôtre. Allez, file !

Ronchon, Béru ouvre un placard, débusque une boutanche de scotch qu'il glisse dans sa poche comme le premier clodo venu.

– Pour tenir chaud, ça vaut mieux qu'un Damart !

Le départ de l'Indestructible semble apaiser Paul Hisson. Il a tort de se réjouir. Je dégaine mon flingue, en fais sauter le cran de sûreté et lui en applique le canon au milieu du front.

Un étrange gargouillis lui ramone l'œsophage :

– Vous... vous n'êtes pas de la police, hein ? bredouille-t-il.

– Bien vu. Ma carte, c'est du pipeau. Pour de vrai, je serais plutôt de l'autre bord. Je vais te faire une confidence : il existe des tas de mecs plus morts que toi, sur terre, mais pas de plus mortels. Alors, on va faire un marché, tous les deux : si tu réponds juste, mon doigt reste bien sage, mais si tu essaies de me berlurer, j'inscris un point final au bas de ton livret de famille. Pigé ?

Dans la famille Oui-Oui, je voudrais le partouzeur. Oui-Oui a tout compris, Oui-Oui va me répondre, Oui-Oui ne me cachera rien.

– Première question : c'est toi qui as tué ta femme ?

– Oui-oui ! réplique-t-il sans barguigner.

– Tu l'as écrasée avec ta caisse ?

– Oui-oui ! confirme-t-il, d'un ton moins convaincu.

– Pour quelle raison ?

– Oui... oui...

– Tu te fous de ma gueule ?

– Oui... heu... Non ! Mais... de quelle femme vous parlez ?

– Gersande ! Ton ex...

Sa frime se décompose comme un merlan sur un étal de Tamanrasset.

– Elle est morte ?

– Tu viens de me dire que tu l'avais tuée ! le harcelé-je.

– Je dis oui à tout, parce que j'ai la trouille de dire non. Je sais plus où j'en suis, moi. J'ai tué personne, j'ai pas bougé, je dormais, je le jure sur la tête de ma mère. Je vous en prie, écartez ce pistolet ! (Il trémousse du croupion.) Je crois que j'ai chié dans mon froc.

– Tu trouveras bien une copine scato pour te faire ta petite toilette, ricané-je en remisant mon flingue.

Cette fois, je pense qu'il est mûr à souhait. Depuis un petit moment, j'ai l'intuition qu'il dit vrai à propos de sa bagnole. Je ne le vois pas de taille à prendre un pareil risque. Ce type est un veule, un jouisseur, une sous-merde dépravée, pas un assassin.

– C'est vrai que Gersande est morte ? murmure-t-il du bout du bec.

– Affirmatif. Un sacré manque à gagner, pour toi !

Je récupère la lettre dans sa fouille, lui cingle le bout du nez avec.

– Parle-moi un peu de ce chantage.

– Chantage est un grand mot. Disons que je réclamais ma part. Son vieux a laissé un gros paquet d'oseille en canant. Quand elle m'a largué, y avait pas de raison que je galère ; on était mariés sous le régime de la communauté.

– Réduite aux quéquettes, tel que je te connais.

Ma saillie ne le fait pas sourire. Toi non plus ? Tant pis !

– Quel était ton moyen de pression pour obliger Gersande à te verser une pension ?

Il tourne autour du pot – le sien, soit dit en passant, commence à ne plus renifler la rose pompon.

– C'est... un peu délicat...

– On ne peut pourtant pas dire que la délicatesse t'étouffe !

Façon de le motiver, je lui fais entrevoir la crosse de mon pétard. Nouvelle salve dans son calfouette.

– Vous fâchez pas, je vais tout vous raconter ! Il s'agit d'une vieille affaire...

– Accouche !

– Voilà... Il y a cinq ans, le frère de Gersande a disparu...

Ce zèbre m'annoncerait que je viens de décrocher le prix Nobel de littérature, assorti du gros lot de l'Euro Millions remis sur une île déserte par Julia Roberts en personne, que j'en serais moins émoustillé.

Ses paroles me coulent voluptueusement au long des trompes d'Eustache comme du sirop des Vosges dans le corgnolon d'un catarrheux.

Soucieux de contribuer à la préservation de la couche d'ozone, je vais te résumer son historiette, chaque ligne économisée dans un San-Antonio épargnant quatre hautes futaies de la forêt amazonienne.

Ne te donne pas la peine de prendre des notes, tu vas voir, c'est clair comme de l'aurochs (Béru disant).

Le samedi 12 janvier 2002, date du départ d'Eddy et Lydie de l'appartement parisien, Paul Hisson se trouvait à Charleroi. Il devait officier en tant que maître de cérémonie d'une partie fine entre notables dans cette brave ville minière. Sûr que les mineurs participant à l'orgie n'étaient pas galibots, porions, hercheurs, raucheurs ni même haveurs, et que les coups tirés ne devaient rien au grisou. Hélas, une descente de matuches avait mis fin prématurément aux agapes. Paulo s'en était donc retourné à Bruxelles, la queue basse, en milieu de soirée.

À cette époque, le torchon sentait déjà le roussi entre sa bergère et lui, et elle l'avait sommé de quitter leur pavillon de banlieue le temps de faire le point sur leur couple. Il avait donc dégoté l'appartement qu'il occupe encore aujourd'hui.

Cette nuit-là, paumé, frustré de cabrioles, il avait décidé de tenter l'opération dernière chance auprès de sa légitime. Manque de bol, en rappliquant, il avait aperçu la Volvo de son beau-frère parquée dans leur jardinet. Le moment était inopportun pour une explication intime. D'autant qu'Eddy n'avait jamais pu l'encadrer.

Il était revenu le lendemain matin (le dimanche 13 janvier, donc) avec la ferme intention de reconquérir sa belle. Il était arrivé juste au moment où la Volvo du beauf franchissait le portail. Il l'avait regardée s'éloigner et avait attendu un petit quart d'heure avant de sonner chez lui. Mais Gersande l'avait envoyé sur les roses, refusant même de le laisser entrer.

Hisson n'avait eu vent de la disparition d'Eddy et de la petite que plusieurs jours plus tard, en lisant la presse. Il avait été surpris que sa femme n'eût fait aucune mention de la venue de son frère chez elle dans la nuit du samedi au dimanche.

Il la boucle. La suite est plus pénible à accoucher sans les forceps. Me revoici contraint de le tarabuster :

– Tu as flairé le bon coup. Si Gersande avait menti à la police, c'est qu'elle avait quelque chose à cacher. Tu es allé la trouver, tu lui as dit que tu avais vu Eddy chez elle...

Son regard esquive le mien :

– Elle m'a demandé de n'en parler à personne.

– Tu as accepté. Mais en échange de ton silence, tu as exigé une confortable petite rente !

– Mettez-vous à ma place...

– Sûrement pas. Si j'étais à ta place, je me vomirais dessus en plus de me chier dessous.

Popaul sort son mouchoir et se tamponne le front.

– Une petite suée ! C'est la trouille ou le manque ? dis-je en triturant les sachets de coke dans ma poche.

– Vos... vos méthodes, bafouille-t-il. Je suis pas un caïd, moi.

– J'avais remarqué. Dis-moi... lorsque Dewouter est reparti, le dimanche matin, est-ce que Lydie était avec lui ?

Il fronce les sourcils, essayant de rameuter ses souvenirs.

– En y réfléchissant... je crois pas. Non, je ne l'ai pas vue. À moins qu'elle n'ait été allongée sur la banquette arrière.

– Où qu'elle soit restée chez sa tante ! lâché-je, à ma propre intention et à la tienne, Boudu !

– Peut-être... Moi, j'ai jamais revu la gamine.

Il éponge ses tempes ruisselantes et demande :

– C'est tout ?

– Presque.

– Parce que j'aimerais bien aller me rafraîchir un peu...

– Revenons d'abord à ce dimanche matin. Lorsque Eddy a quitté le pavillon, est-ce qu'une seconde Volvo n'a pas démarré derrière lui ?

La mâchoire inférieure du zigue se décroche :

– Ça alors ! Comment vous le savez ?

– Ce que j'ignore pourrait être faxé au dos d'un confetti. Une Volvo grise, plus foncée que celle de ton beau-frère ?

– Exactement.

– Tu as fait attention au conducteur ?

– Pas du tout.

– Un homme, une femme ?

– Franchement, j'en sais rien. Parole ! Sortez pas votre pétard, sinon je vais inventer, ajoute-t-il, bloblotant. Je peux... ?

– Une dernière question : ta femme t'a-t-elle parlé de sa suspicion vis-à-vis de Jordanne Dewouter ?

– Pas directement. Nos rapports étaient plutôt tendus. Mais je sais qu'elle a coupé les ponts avec elle. Elle a même changé de numéro de portable. C'était peu de temps après les disparitions. Je n'ai aucune idée de ce qui a provoqué leur zizanie.

Comblé par la teneur de cet interrogatoire, j'autorise le foireux à aller se déplâtrer l'œil du cyclope.

Pour l'avoir visitée, je sais que la salle de bains est dépourvue de fenêtre et qu'elle ne recèle ni arme ni drogue.

Relation de cause à effet, je jette un cil sur l'entrée. Le petit sachet blanc a disparu. Le mariolle a réussi à le ramasser pendant que Béru l'avoinait. Doit être en train de s'aligner un rail. Mais baste ! Après tout, qu'il se poivre les naseaux, c'est l'arrière-petit-neveu de mes soucis.

Je vais me planter derrière la porte du cabinet de toilette. La flotte cascade dans la baignoire.

– Hé, active ! T'es pas en thalasso, là !

– J'arrive, j'arrive ! fait-il, le timbre déjà ragaillardi par la sniffette.

– C'est ça, grouille ! Dis-moi, tu as appelé ton ex à son boulot, dans la matinée ?

– Ouais, en rentrant de java. Je venais de trouver sa lettre. Je voulais la voir. Mais j'étais trop pété, elle m'a raccroché au tarin.

Qui donc Gersande devait-elle rencontrer pour demander son après-midi complet à son boss, le très mondain maître Koodtrijk ? Un point d'interrogation de plus pour compléter ma collection.

Je lorgne sur la carte que m'a laissée tout à l'heure la motarde.

– Au fait, relancé-je, j'ai fait la connaissance d'une de tes amies.

– Qui ça ?

– Madeleine De Proost, la journaliste.

– Ah ouais, c'est une bonne copine. Je l'ai rencontrée y a trois mois dans un bar. Elle m'a carrément dragué. Mais, pour la tringlette, macache ! lance-t-il, de plus en plus volubile. C'est une flèche, dans son job. Une vraie fouille-merde, Mado. Pas étonnant, elle est française.

Une veine pour lui que Béru ait joué cassos, car il ne badine pas avec l'honneur national, le Gravos. Il a le cocorico chevillé au corps et monte sur ses ergots sitôt qu'on chine le bleu-blanc-rouge.

– La semaine dernière, poursuit l'intarissable, elle a réussi à faire tomber un ministre pour une histoire de blanchiment d'oseille, c'est vous dire...

Il se tait. Pousse un cri bref et rauque.

Je l'entends se répandre sur le carrelage.

Silence.

D'un coup d'épaule ravageur, je fais sauter le verrou.

Paul Hisson est affalé, membres dressés en l'air comme un bœuf crevé, une paille enfoncée dans la narine gauche.

QUATRIÈME PARTIE

Un voile se lève enfin

CHAPITRE 20

La fille de l'air

Tracassé, Béru relisait le mot que Pinuche avait glissé à son intention sous la lampe de sa table de chevet :

Sandre,
Je ressors un moment pour vérifier un truc.
César

Il constata que son compagnon avait laissé une marque de doigt sur le papelard. On distinguait nettement les sillons de son vieux pouce maculé d'un liquide jaunâtre et visqueux.

« L'antirouille pour la clé ! » songea Alexandre-Benoît, attendri.

Un regard circulaire lui confirma que le

produit ne se trouvait pas dans la piaule. Il investit la salle de bains, pièce qu'il n'avait naturellement pas eu l'occasion de fréquenter, celle-ci étant séparée des water-closets. Une bombe de WD 40 trônait sur le rebord du lavabo, entourée de feuilles de papier toilettes froissées et graisseuses. Sur la tablette, un annuaire était posé en équilibre auprès des verres à dents. Il s'agissait des Pages Jaunes de la ville de Bruxelles.

Béru s'assit sur le bidet, ouvrit le bottin sur ses genoux pour le feuilleter. Une page était cornée à la rubrique « Garde-meubles ».

La pub lui sauta aux yeux :

STOK
pour tout stocker
casiers et boxes individuels
24 h sur 24

Le dessin d'une clé triangulaire constituait le logo de cette entreprise de self-stockage.

Béru nota l'adresse, sonna la réception pour commander un taxi et une douzaine de croissants.

*

Le gardien, petit homme malingre au dôme plus dégarni qu'une choucroute de cantoche, prit un air souffreteux :

– Nous n'avons pas le droit de fournir des renseignements sur nos clients.

– C't'une question d'vie ou d'mort ! plaida Alexandre.

– Quand bien même...

Le Mastard bomba le torse, pointa un doigt menaçant à travers le guichet de la guérite :

– D'vie ou d'mort... pour toi, mec !

– Vous êtes de la police ? fit le vigile, effarouché.

– Tu comprends vite, mais faut t'expliquer longtemps ! Alorsse ?

– À quelle heure, vous dites ?

La fatigue lui dévorant la graisse, le Pléthorique parvenait mal à reconstituer la chronologie des événements de la veille.

– Disons entre cinq et neuf, hier au soir. P't'êt' avant, p't'êt' après..

– Si c'est au-delà de six heures, j'étais déjà de service. (Il reluqua sa pendulette.) Lucien me relaie dans vingt minutes. On fait douze heures d'affilée, et on se repose deux jours. Moi, ça me convient. Lucien, lui, ça l'arrange moins quand il fait la nuit à cause de...

– Vos emplois du temps, j'm'en cogne !

– Vous fâchez pas, inspecteur. Il était comment, votre type ?

– Vioque et racho, un peu dans ton genre.

– Avec un mégot éteint au coin du bec ?

– C'est lui !

Sous pression, le gardien consulta son registre.

– Voilà ! M. César Pinaud. Il est passé à 20 h 23. Il possédait la clé du casier 91. Je lui ai ouvert la grille. Il est ressorti à 20 h 31. Vous m'auriez dit son nom tout de suite, c'était plus simple.

– Il a emporté quèque chose ?

– Attendez que je me souvienne... Une mallette en croco marron, je crois. Je pense pas qu'il l'avait en arrivant.

– Il a d'mandé un sapin pour s'casser ? espéra Bérurier.

– Un sapin ?
– Un taquemart, un bahut, un taxi, quoi !
– Ah non. Il est reparti avec la dame.
– Quelle dame ?
– Celle qui l'avait déposé.
– Tu pourrais m'la décrire, cette gonzesse ?
– Il faisait nuit... Une blonde, y me semble. Au volant d'une grosse B.M.W. blanche.

CHAPITRE 21

San-Antonio s'envoie (enfin) en l'air

Divine apparition !

Elle a troqué sa combinaison de cuir contre un déshabillé de satin tout aussi noir. À croire qu'elle s'entraîne au veuvage, la Somptueuse. Ou bien qu'elle a le souci de rehausser l'or de sa toison.

– Rebonsoir, commissaire, susurre-t-elle. Je savais que vous me rendriez visite avant la fin de la nuit. Aussi ne me suis-je pas couchée. Entrez, j'ai préparé du café.

Aménagé dans les greniers d'un immeuble du quartier des antiquaires, l'appartement est zébré de poutres disposées en vrac comme dans un mikado géant. Il faut enjamber les unes, contourner les autres, s'accroupir, esquiver, se faufiler. Un vrai parcours du combattant pour atteindre le sofa.

Gaffe aux bosses, la nuit, en allant licebroquer ! Prostate déconseillée, courante rédhibitoire.

La savoureuse Madeleine s'agenouille pour me servir mon caoua. En fille de bonne éducation, elle coince un pan de son peignoir entre ses genoux, me frustrant d'une vue plongeante sur d'affriolantes lisières.

Je déglutis une gorgée d'arabica.

– Si on en venait au fait, adorable menteuse ? attaqué-je.

– J'allais vous le suggérer, charmant usurpateur.

Elle vient se nicher auprès de moi. Le canapé est tant étroit qu'il peine à héberger nos deux fessiers. Délicieuse promiscuité que M. l'Intrépide, déjà pas mal sollicité au cours de la nuitée, met à profit pour se pousser du col.

– Vous êtes bien commissaire, continue la fille, mais pas dans la police belge.

– Vous êtes bien une amie de Paul Hisson,

mais de fraîche date, remisé-je. Vous êtes bien journaliste, mais pas aux chiens écrasés.

– Bravo ! applaudit-elle. Vous avez fait vite. Votre réputation n'est pas usurpée, cher San-Antonio.

Si elle comptait m'époustoufler, elle en est de sa poche. Avant de rappliquer, je me suis offert une croisière express sur internet grâce à mon bigophone Blackberry 3G.

– Madeleine De Proost est votre nom de plume. Vous avez choisi ce pseudonyme pour sa consonance belge, je présume. Vous vous appelez en fait Albertine Simonet, avec un seul « n ». Il y a deux ans, vous travailliez encore au journal *Le Monde* à la rubrique judiciaire. À ce titre, vous avez couvert plusieurs affaires que j'ai élucidées. Vous n'avez donc éprouvé aucune difficulté à m'identifier.

– Votre visage m'évoquait quelque chose. Je vous ai reconnu lorsque vous avez failli m'embrasser.

Je coule un brandillon câlin autour de son cou.

– Et si on reprenait là où on en était restés ?

Elle approche insensiblement sa bouche de la mienne en un langoureux ralenti. La lumière azurée de ses yeux m'éblouit jusqu'à m'en faire cligner des quinquets à la mitterrandienne. Sa douce haleine exhale des senteurs de fruits rouges. T'as remarqué que dans mes bouquins les mousmées ne refoulent jamais du pylore ? Pourtant, dans la vraie vie, ça doit bien exister, celles qui affinent le maroilles derrière leurs dents de sagesse !

– J'ai quitté la France par amour, murmure la Sublime, pour suivre un diplomate nommé en poste à Bruxelles. Il y a six mois, il a été muté en Uruguay. Il est parti, je suis restée. Pour mon boulot, d'abord, et puis parce que le temps finit par rendre superflus ceux qu'on croyait indispensables.

Albertine promène une langue furtive sur le pourtour de mes lèvres.

– Tu achèves de le chasser hors de mon existence. En rentrant, cette nuit, je me suis allongée tout habillée sur mon lit et je me suis caressée à travers le cuir de mon pantalon. J'ai joui intensément en pensant à toi. Ma façon d'amorcer les préliminaires.

Son déshabillé glisse le long de ses épaules.

– Maintenant, fais-moi l'amour !

Je laisse mon buste basculer vers le sien. Ma bouche s'empare d'une pointe de sein, la mordille, l'aspire, la tète jusqu'à la rendre dure et violine.

Albertine rejette la tête en arrière, lâche un gémissement de chiot apeuré. Ses jambes emprisonnent les miennes. Son ventre esquisse un léger mouvement de va-et-vient. La soie de son pubis se révèle plus douce encore que le satin de sa nuisette frôlant ma peau d'un mouvement régulier.

La mignonne s'abandonne, yeux mi-clos, cuisses mi-ouvertes. Mes lèvres se promènent furtivement sur le plat de son ventre, s'attardent autour du nombril et poursuivent leur descente. Lorsque ma bouche s'empare d'elle, elle se cambre. Ses miches pommées se soulèvent pour amplifier l'intensité de ma broutaison.

Pas égoïste le moindre, Albertine pivote de cent quatre-vingts degrés sur l'échelle de Champerret afin de me rendre la pareille et de me prendre l'appareil. Le bon rythme adopté, nos corps ondulent l'un sur l'autre avec la grâce d'une banderole de gymnaste chinoise.

Se sentant grimper au fado, la diva se crispe. Ses guiboles enserrent ma tête et ses reins se tortillent frénétiquement. Durant quelques instants elle en oublie sa partition de flûte traversière, ce qui me permet d'ouïr son interminable contre-ut mâtiné de raie bémole majeure. Elle s'attend à ce que je lui administre son calmant pour la toux, mais j'ai un bien autre projet.

Je me redresse, l'aide à se relever, lui saisis les bras pour les passer autour de mon cou. Elle s'y accroche, arrime ses pinceaux à ma taille. Je m'adosse alors contre une poutre, laisse couler la belle sur la bielle et pistonne à soupapes rabattues. Un brasero de félicité nous irradie. Pendue à mes épaules, Albertine se soulève par intermittence sur un tempo accéléré.

Nos babines se dégustent, nos ratiches jouent des castagnettes. Ma paluche gauche – la plus hardie, ta femme te le dira – contourne les hanches rebondies et rebondissantes de ma prisonnière, passe par en dessous pour un doigt de cour complémentaire (première annelée). Elle pige, la pigiste, que j'ai fait piano en deuxième langue.

Une hystérie culière nous emporte et, dans un concert de mugissements chaloupés de soupirs, nous décollons mieux qu'Ariane vers des ciels indénombrables.

Nous nous laissons choir à terre, cotonneux et fourbus. Demeurons de longues minutes sans bouger, sans parler, simplement drapés d'un bienheureux néant.

Quand nous refaisons surface, le sofa est couché sur le flanc, la table basse gît les quatre fers en l'air et la cafetière s'est renversée sur la moquette. Albertine frotte l'auréole brunâtre à l'aide de sa nuisette, laquelle, dépenaillée par nos ébats, n'a plus vocation que de serpillière.

Un quart d'heure plus tard, je quitte la salle de bains. Douché, parfumé, calamistré, couenne rasée d'un tranchant de Gillette jetable, je débarque à la cuistance où m'attendent un duo d'œufs au plat sur une tranche de lard fumé et une corbeille de *pistolets*[1] croustillants.

Je m'attable d'arrache-faim.

J'ai observé que les femmes se plaisent à

1. Petits pains belges. Toujours le même souci du détail qui sonne juste.

nourrir les mâles qui les ont comblées. Une manière de reconstituer leurs forces généreusement dépensées.

Sur un pantalon de velours moulant, Albertine a passé un sweat-shirt qui laisse deviner les pralines de ses seins.

Je dois me faire violence pour oublier que je ne suis pas garago et que la vidange-graissage n'était qu'un supplément offert par l'atelier. Tout en dévorant ma barde de cochon grillée, je me prends par la main pour en revenir à l'affaire en cours.

– Pourquoi courtisais-tu un minable comme Paul Hisson ? demandé-je entre deux bouchées.

La môme s'assied en face de moi sur un tabouret griffé Ikea.

– Mettons bien les choses au point, Antoine. Tu n'as aucune légitimité, dans ce pays, pour me poser des questions, et je ne suis pas obligée d'y répondre. Alors je veux bien me livrer à quelques confidences, à condition que tu m'expliques d'abord les raisons de ta présence ici et l'objet de ton enquête.

Clair, net et précis. Notre partie de radada lui

a peut-être démantibulé la case Trésor, mais son intellect reste sur vigilance maximale.

Sans tergiverser, je lui concocte un résumé des chapitres précédents depuis les disparitions, il y a cinq ans, d'Eddy et de sa gamine, jusqu'à la toute récente expiration du pro du prose.

Elle accuse le coup à l'annonce du défuntage de Paul Hisson.

– Une overdose ? tique-t-elle.

– Survenue fort à propos.

– Tu n'y crois pas ?

– Si, mais je pense que le sachet était surdosé.

– Un accident de raffinage dans un labo clandestin ?

– Je pencherais plutôt pour le frelatage volontaire. J'ai alerté le véritable commissaire Van de Vesse. On en saura plus après autopsie.

– Qui avait intérêt à empoisonner Paul ?

– La même personne qui est entrée chez lui pendant qu'il cuvait pour lui emprunter les clés de l'Espace, le temps d'écrabouiller Gersande. L'assassin en a profité pour laisser sur place le sachet de cocaïne boostée. En agissant ainsi, il faisait coup triple : zigouiller la femme, faire porter le chapeau au mari, et l'éliminer à son tour. Maintenant, pourquoi voulait-il se débarrasser du couple... ?

– Pour le faire taire ?

– Probablement. Hélas, j'ignore ce qu'ils avaient à raconter. Peut-être en as-tu une idée, toi ?

Albertine hoche la tête de bas en haut, puis de gauche à droite, mimant le *p't'êt' ben qu'oui, p't'êt' ben qu'non* cher aux natifs du pays de l'andouille.

– Qui sait ? Mais j'ai encore une requête à formuler.

– Je te trouve bien exigeante. Vas-y quand même...

– Si tu découvres le pot aux roses...

– Promis ! coupé-je. Le scoop sera pour toi.

– O.K., je te fais confiance. Ce n'était pas Paul qui m'intéressait, et encore moins ses parties de jambes en l'air. Plutôt son beau-père, Freddy Dewouter.

– Le papa d'Eddy et de Gersande ?

– Son nom est apparu dans un dossier sur lequel je m'acharne depuis plusieurs mois.

– L'affaire de ce ministre que tu as contraint à la démission ?

– Je vois que tu es bien informé. En effet, en fouinant j'ai découvert une magouille colossale : détournement de fonds publics au profit de partis politiques.

– Je me doute que nos élus n'ont pas le monopole de ce genre de pratiques.

– L'histoire a fait grand bruit lorsque je l'ai sortie dans la presse. Je subis des pressions, je reçois des menaces, mais j'irai jusqu'au bout. Des têtes vont encore tomber. De tous bords.

– J'apprécie ton courage. Que venait faire Dewouter senior dans ce grenouillage ?

– Je suis convaincue qu'il en était la cheville ouvrière. Parce qu'il était fat et bêta, j'ai réussi à tirer les vers du nez à Paul. Je suis même parvenue à faire amie-amie avec son ex-épouse sous couvert d'essayer d'harmoniser leurs rapports. Un soir, elle m'a invitée chez elle avec sa copine Suzy. J'ai failli passer à la casserole, mais elles se sont cabrées sitôt que j'ai abordé le sujet du papa. À part m'être fait peloter les miches par les deux viragos, je suis revenue bredouille.

– Comment Freddy Dewouter intervenait-il dans ces tripatouillages ?

– En tant qu'intermédiaire. Le coup classique des appels d'offres pipés. Il distribuait les marchés aux entreprises choisies par lui, et palpait des commissions dont il rétrocédait une partie aux donneurs d'ordres ripoux.

Albertine se beurre une biscotte, la grignote sans faim.

– Depuis cinq ans que le vieux s'est supprimé, poursuit-elle, le racket a dû se réorganiser suivant un autre processus. C'est ce que je tente d'étaler au grand jour.

– Comment Dewouter s'est-il dézingué ?

– Un coup de douze dans la bouche.

– Plutôt un suicide de paysan.

– Si c'est bien un suicide.

– Tu as des doutes ?

– Si on s'en tient aux faits, il n' y a aucune raison de suspecter autre chose. Il se trouvait seul chez lui et il a laissé une lettre expliquant son geste. Un message rédigé sur son ordinateur, tiré par son imprimante et signé de sa propre main. Son paraphe a été authentifié par deux experts.

– Quel motif invoquait-il pour expliquer son geste ?

– La maladie et les mauvaises affaires. Les flics n'ont pas été plus loin. Moi, j'ai repris l'enquête à zéro. Avec la complicité de Paul, j'ai pu me procurer son dossier médical. 13/8 de tension, pas un pète de cholestérol, un bilan sanguin de nourrisson. Tout juste un ulcère bénin à l'estomac soigné au Maupral et en bonne voie de guérison.

– Pas de quoi se flinguer. Et côté fric ?

– Son dernier compte d'exploitation se révélait en effet déficitaire. Mais il possédait encore sa grosse propriété de Fryttansacq, et il n'allait pas tarder à toucher une substantielle indemnité pour l'accident de sa femme, tuée dans une catastrophe aérienne quelques années auparavant. En réalité, sa déconfiture n'était qu'apparente. Une entourloupe de plus pour mettre un gros paquet à gauche. Pas mal de pièces du dossier étayent cette hypothèse.

– Pas de mobile pour un suicide. Un règlement de comptes, alors ?

– Ou l'arnaqueur arnaqué par un plus madré que lui.

Sous la table, je sens le peton dénudé d'Albertine s'insinuer entre mes souliers, remonter le long de mes mollets, puis de mes genoux, jusqu'à venir se pelotonner à la jonction de mes cuisses.

– C'est dingue, l'effet que tu me fais, souffle-t-elle, entamant de la voûte plantaire un massage lascif de cette noble portion de mon individu.

Traqué au gîte, Pollux commence à s'agiter à la manière des castors. Coton, de simuler l'indifférence ! Je m'efforce pourtant de suivre le fil de mes pensées :

– Que sais-tu sur Eddy, le fils de Freddy ?

– Je ne crois pas à son rapt.

– Tu imagines qu'on l'a éliminé, comme son dabe ?

– Si c'est bien son squelette que tu as retrouvé dans la Volvo, c'est évident. Dans le cas contraire, on pourrait envisager qu'il ait levé le pied avec sa fille en emportant le magot. J'ai rassemblé quelques éléments suggérant qu'il trempait dans les combines de son paternel.

Constatant que la sentinelle se tient au garde-à-vous dans sa guitoune, elle interrompt sa manœuvre libertine, Albertine. Se lève et vient se poster derrière moi. D'une menotte languide et langoureuse, elle égrène les boutons de ma limouille.

– La seule chose qui me chagrine, me chuchote-t-elle dans le creux de l'oreille, c'est que Paul et Gersande sont peut-être morts par ma faute. À cause de mes investigations.

– Sûrement pas ! réfuté-je. Voilà des mois que tu enquêtes, que tu tournes autour d'eux. On aurait pu déjà les refroidir depuis un bout de temps. Non ! C'est mon intrusion dans l'affaire qui a provoqué leur exécution, et plus précisément ma découverte du cadavre dans le coffre. Or, qui était au courant de ma trouvaille, hormis mes collègues belges ?

Elle n'a pas du jus de chou-rave dans la mansarde, ma jolie pisse-copie, fais confiance.

– D'après ce que tu m'as raconté, je ne vois que les Haümisch, tac-au-taque-t-elle.

– Exact ! Une nouvelle excursion à Fryttansacq s'impose, déclaré-je.

– Tu as vu l'heure ? Il est bien trop tôt pour rendre visite à des bourgeois, objecte l'Albertine en se laissant tomber à mes genoux.

CHAPITRE 22

La crise d'asthme

– *Eins, zwei, drei...*

Une gouttelette se forme au bout de la pipette, s'allonge, se décroche, tombe dans le verre. Une seconde larme apparaît, chute à son tour, aussitôt remplacée par une nouvelle, elle-même poussée par la suivante.

– ... *achtzehn, neunzehn, und zwanzig !* Le compte est bon.

Geoffroy Haümisch nous désigne les fauteuils de son bureau.

– Asseyez-vous, messieurs. J'arrive de suite, le temps de porter ce médicament à mon fils. *Kolossal* angine. *Ach ! Das klein Schwein* passe ses journées à se rouler dans la neige !

On le croirait évadé d'un film d'angoisse des

années trente, le propriétaire des lieux. Dans un *Frankenstein*, il aurait épargné des frais de maquillage à la production. Le cheveu ras et dru comme un paillasson, l'œil gris tempête-sur-la-Baltique, le menton fignolé à la varlope, sa bouche, pour égayer le tout, est prolongée du côté gauche par une longue cicatrice rosâtre et boursouflée. Si j'ajoute qu'il doit se baisser pour défiler sous l'Arc de Triomphe et marcher de profil quand il se rend au Chili, t'admettras que ce spécimen flanquerait la diarrhée verte à une tribu de cannibales.

Au cas où son faciès ne t'aurait pas rebuté, il s'exprime d'une voix gutturale lestée d'un accent germanique à trancher au scalpel. À son ton tu peux craindre qu'il te plonge la tronche dans la baignoire, t'enfile des allumettes enfammées sous les ongles, te branche le troufignon en prise directe sur le 220.

– Drôle de loustic ! commente Van de Vesse sitôt qu'Haümisch a quitté la pièce.

Plus guilleret qu'à l'ordinaire, le commissaire ! Je ne le sens pas mécontent de me voir prendre l'enquête en main. Le boulot pour ma pomme et les lauriers pour cézigue-pâte, le deal a de quoi lui plaire. Il s'est même résolu à entériner (officieusement) ma position de matuche belgico. Fort de ce nouveau statut et sous prétexte d'effusion amicale, je me suis débrouillé pour lui restituer en douce sa carte professionnelle.

De retour, le chevalier teutonique prend place derrière le burlingue pour bien marquer son territoire et nous signifier qu'il reste maître à bord.

– Je vous croyais au Maroc pour une promotion immobilière, monsieur Haümisch ? attaqué-je, bise en coin.

– Je suis rentré hier soir. Je ne pouvais pas laisser Nicole seule après cette effroyable découverte dans notre garage.

– Je le comprends aisément. Vous avez conservé le coupon de vol, bien sûr ?

– *Natürlich ! Warum ?*

– Simple formalité ! s'empresse Louison.

– Je vous demanderai néanmoins de nous le produire, insisté-je.

J'utiliserais sa cravate pour soulager mes sinus et torcher l'oigne de Béru au sortir d'un concours de dégustation de pastèques, qu'il en serait moins offusqué.

Il ouvre un tiroir, d'un geste méprisant balance le ticket sur la table.

Van de Vesse y jette un œil furtif avant d'approuver.

– Parfait, parfait ! Nous ne doutions pas de votre bonne foi, mais la routine, savez-vous...

Sans s'être concertés, on lui mitonne un succulent chaud-froid de volaille, au gars Geoffroy. Louison interprète spontanément le rôle de l'amitieux. Celui du teignous me va au petit poil. Je décide de jouer le jeu à fond.

– Puisqu'elle constitue le motif de votre retour précipité, venons-en à la Volvo funèbre, *Herr* Haümisch. Comment se fait-il que ce véhicule ait stationné durant cinq années dans votre garage ?

– C'est un crime ? s'insurge le promoteur qui, monzobstant[1] ses rudes inflexions prussiennes, s'exprime dans un excellent *französisch*. Lorsque nous avons pris possession de la maison, à la fin janvier 2002, la Volvo se trouvait déjà sous cette bâche à l'endroit où vous l'avez vue hier. Nous

1. Nonobstant, selon Bérurier.

avons pensé qu'elle appartenait à l'ancien propriétaire décédé, M. Dewouter.

– Son immatriculation française ne vous a pas tiré l'œil ?

– Vous m'apprenez ce détail. Je crois que je n'ai jamais soulevé la couverture, sauf peut-être pour jeter un regard dans l'habitacle, pas pour relever un numéro dont je n'avais que fiche !

– Vous n'avez jamais remarqué d'odeur suspecte autour de la voiture ? questionne Louison.

Haümisch exécute avec sa bouche ce que d'aucuns réussissent mieux avec leur sphincter.

– Pfffft ! Les produits de jardinage, les traitements, les engrais sont entreposés juste à côté. Ils ne sentent pas le jasmin non plus. Mais nous n'avons constaté aucune puanteur excessive.

– Du fait de la froideur de l'hiver, des deux semaines déjà écoulées et de l'action de la chaux vive, ça ne me surprend pas, admet Van de Vesse en vieux routier de la charogne.

N'oubliant pas le contre-emploi de vilain méchant qui m'est dévolu, je sélectionne mon timbre le plus rogue, très recherché par les philatélistes.

– Vous n'avez pas même essayé de contacter vos vendeurs afin de leur restituer l'automobile ?

– *Ja, ja, offensichtlich* ! J'ai appelé le fils Dewouter mais ça ne répondait pas.

Et pour cause ! Eddy se trouvait déjà à l'intérieur de la malle, à croupir dans son infecte marmelade. Quant à son téléphone, on ne l'a jamais retrouvé. L'assassin l'a sans doute balancé. À moins que, désagrégé, il n'ait achevé sa carrière en menues brindilles dans le filtre de la piscine.

– Alors j'ai téléphoné à sa sœur, poursuit Geoffroy. Je suis tombé sur son mari. Je lui ai demandé que faire du véhicule de son beau-père. Il m'a dit de ne pas me tracasser, qu'il allait envoyer prochainement quelqu'un pour le récupérer.

Je reconnais bien là ce combinard de Paul Hisson, toujours à l'affût de trois balles faciles à engranger. Ce qu'il pensait être la guinde du vieux Dewouter lui ferait, ni vu ni connu, un peu de vaisselle de fouille.

– Il a précisé qui devait venir chercher la Volvo ?

– Un type qui tenait une casse... Un Gitan, je crois.

– Pas surprenant, souligne Louison pour qui les races humaines sont de longue date répertoriées selon leurs aptitudes, comme celles des clébards.

– Vous souviendriez-vous du nom de ce manouche, monsieur Haümisch ?

– *Nein ! Es tut mir leid !* Franchement désolé... (Il circonflexe un sourcil.) Mais attendez... J'ai pour habitude de tout noter...

Il se lève, va ouvrir un placard, en sort une boîte de rangement qu'il déverse sur le bureau. Un éventail d'agendas se déploie.

– Je suis très conservatoire.

– Conservateur, rectifie Van de Vesse, un sourire mielleux aux lèvres.

– *Jawohl*, et même carrément *verrückt*... maniaque. *Da ist !* Mon carnet de 2002.

Il le feuillette en humectant de salive son index entre chaque page.

– Selon toute logique, ça devait être au début ou à la mi-février... Voilà... le type s'appelait Mario Lungho.

– J'le connais ! clame Louison. Un petit caïd qui maquille des voitures volées pour les expédier vers les pays de l'Est.

– Il ne s'est pas présenté ?

– Jamais.

– Empêché par un séjour sous les verrous, ricane le commissaire. Mario passe plus de temps derrière les barreaux que dans sa roulotte !

– Avec le temps, on a fini par oublier cette guimbarde. C'est tout ce que je puis vous dire.

Haümisch fait trois pas en direction de la porte, façon civilisée de nous suggérer de lever le camp.

Il s'engage dans le salon, suivi par ce toutou de Van de Vesse. Je profite de l'inattention générale pour rafler l'agenda 2002 du promoteur et le couler au fond de mes vagues.

C'est fou tout ce que j'ai pu chourer au cours de cette histoire ! Tiens, j'aurais dû appeler ce bouquin *San-Antonio pickpocket*, ça sonne bien, non ? Mais on va pas redessiner la couvrante sur une simple lubie. Je n'ai pas la réputation d'un auteur chiant, comme j'en connais. Je ne cite personne, mais suis mon regard sur le présentoir. Plus à droite. Oui, celui-là ! Figure-toi que lors de ses déplacements, il exige des hôtels quatre étoiles, laisse porter ses valbombes par son attachée de presse, et refuse, dans les salons littéraires, de se trouver à côté de Poivre d'Arvor, lequel, talent et médiatisation obligent, signe davantage que lui.

Je rejoins le tandem dans le hall.

– Encore quelques questions, monsieur...

Son soupir en dit long sur l'impatience qui le ronge.

– Je vous écoute.

– Ignoriez-vous la disparition d'Eddy Dewouter ?

– Première nouvelle.

– La Volvo lui appartenait et c'est probablement son squelette qui gisait dans le coffre.

– *Mein Gott !* Mais c'est horrible !

– En effet. Et je trouve étrange que cette nouvelle ne vous soit pas venue aux oreilles lorsque vous avez emménagé ici.

Le maître de céans dépose le sien (de séant) sur une banquette disposée sous une statue de marbre représentant la regrettée reine Babiola au lendemain de son hystérectomie.

– Je vous jure que nous n'étions pas au courant. Nous arrivions de Hambourg où nous vivions depuis près de dix ans. Nicole, qui est Belge, souhaitait se rapprocher de sa maman malade, d'ailleurs morte depuis lors.

– Pourrais-je m'entretenir un instant avec votre épouse ?

Louison me fait signe de ne pas attiger, mais ses pudeurs mondaines me laissent froid comme le cul d'un fakir en position du lotus à Reykjavik.

– Soit ! consent Haümisch. Mais faites vite. La nurse est de congé, notre fils est souffrant, et pour couronner le tout notre petite Léopoldine nous fait une crise d'asthme.

Il hèle sa bergère dans les étages.

La femme paraît en haut de l'escadrin, son bébé dans les bras. Pour lui épargner le voyage, je grimpe à sa rencontre, attitude que n'apprécie guère son julot.

Toujours superbe, la donzelle, dans sa robe de lainage écru, quoique les traits un peu tirés. Je la salue, gouzigouzouille la lardonne, une chouquette brune comme un pruneau, plus jaune qu'un coing, avec les yeux en amande. Une vraie salade de fruits. *Made in Asia.*

– Deux jours sans kiné respiratoire, et son souffle devient rauque, se lamente la mère.

– Le changement de climat, diagnostique docteur Sana qui s'y connaît question poumons. Elle vient d'où, cette merveille ?

– Nous l'avons adoptée au Laos. Un sacré parcours du combattant. Mais que du bonheur ! À part cette satanée bronchite asthmatiforme.

– Je ne veux pas vous déranger, madame, mais j'ai besoin de savoir une chose précise : hier midi, après notre désagréable trouvaille dans le garage, avez-vous parlé à quelqu'un de cet événement ?

– J'ai tout de suite appelé mon mari.

– Lui à part ?

– Personne.

– Votre nounou ?

– C'est une gourdasse qui n'a rien compris à ce qui se passait. Elle n'a pas bougé de la maison et a pris son congé ce matin seulement. Pourquoi cette question ?

– Deux autres crimes ont été commis hier, peut-être suscités par notre découverte.

– Mon Dieu ! Vous pensez qu'il pourrait y avoir danger pour notre famille ?

– Si vous ne nous avez rien caché, je ne pense pas. Dans le cas contraire...

– C'est effrayant.

D'un geste réflexe, elle presse Léopoldine contre sa poitrine alléchante (et à lécher à l'occasion).

– Je ne demande qu'à vous aider, commissaire, mais je ne vois pas... Ah si ! Bien sûr, j'ai appelé la kiné pour la décommander ; avec tout ce tintouin policier, j'ai pensé que...

– Vous lui avez parlé du cadavre dans la Volvo ?

Elle hésite, rassemble ses méninges par bottes de douze.

– Je crois y avoir fait allusion, oui. Et, curieusement, ce matin, c'est elle qui s'est annulée. Un deuil dans sa famille, je crois. Elle était en pleurs au téléphone.

Des picotements assaillent chaque pore de ma peau. Comme si une colonie de termites venait d'entamer son casse-croûte sous mon derme.

– Le nom de cette kiné ? glafouillé-je.

– Elle se prénomme Suzy. Mais son nom de famille...

– Lamotte ? proposé-je à mi-voix.

– Exact ! Vous la connaissez ?

CHAPITRE 23

La lettre volée

– Faut qu'j'te fasse rire, Tonio ! M'en est arrivée une bien bonne ! Figure-toive que c'matin, après le rasage...

– Tu t'es rasé ? douté-je, considérant les bajoues du Gravos, hirsutes comme un couple de porcs-épics en instance de divorce.

– Pas moi, Gisèle ! Faut qu'elle s'racle la couenne tous les jours tant tellement qu'elle foisonne des bacchantes. Un beau brin d'fille, à part ça, a'ec des rondeurs bien en place.

– Qui est Gisèle ?

– Une représentante en saucisses. Attends, j't'esplique ! Cette noye, après la recherche de Pinuche dont j't'ai déjà raconté, en r'gagnant l'hôtel je passe par la p'tite rue des Bouchers.

J'tombe sur un troquet ouvert non-stop. J'résiste pas à l'appel et commande une choucroute, mais légère, hein, juste jarret de porc/lard demi-sel, une choucroute du matin, quoi. J'la pousse de quelques godets et j'rentre me zoner. J'en avais un vieux coup dans les carlingues, la fatigue sans doute ! J'me désape et planque la viande dans les torchons. Quand le p'tit jour m'réveille, j'm'aperçois qu'une nana roupille à côté d'moi, complétely à loilpé. J'la s'coue, lui d'mande ce qu'elle maquille dans ma piaule. Elle m'renvoie l'ascenseur. De filet d'anguille[1], je pige que je m'ai gouré de turne. J'lui présente toutes mes confusions et pour m'faire pardonner la bévue, j'lui mijote un velouté d'cresson dont c'est ma spécialité. Une p'tite blanquette d'escalopes à suivre, et pour finir l'éclair au chocolat maison. Parole, elle a rameuté tout l'palace, mais l'incendie était clôturé. Brèfle, c'est pas là que j'voulais en venir. Sachiant pas trop quoi branler, j'vais m'balader dans le quartier. À un coin d'rue à deux pas de l'hôtel, j'avise un troupeau de Japonouilles occupés à mitrailler une estatuette en

1. Béru ne voudrait-il pas dire : de fil en aiguille ?

bronze. C't'une fontaine, en fait. Un espèce d'angelot frisotté en train de licebroquer avec sa bistouquette de canari.

– Le Manneken-Pis ?

– P't'être bien. Mais moi, d'entendre glouglouter, ça m'titille le canadair. Ni une ni deux, je déballe coquette et m'vidange dans le bassin. Du coup, tous les Nikon se sont braqués vers mécolle. Des vrais paparasites ! Faut dire qu'la concurrence était déloyale. Ça piaillait mieux qu'dans une basse-cour. Enfin, ça leur f'ra toujours un beau souvenir de vacances, à ces pékins !

Nous débarquons de l'ascenseur. J'appuie sur le téton de la sonnette. Petit air de « Brabançonne » dans la cagna.

– Attends ! reprend Béru. C'est pas tout.

– Encore une histoire de cornecul ?

– Non, là, c'est du sérieux. N'alors que je s'couais la dernière goutte, 'magine-toi qu'au carrefour, j'vois passer une gonzesse blonde au guidon d'une Béhème blanche. L'temps d'renfourner l'matos, elle avait disparu.

– Tu penses à la femme qui accompagnait

Pinaud ? Des blondeurs conduisant une B.M.W. blanche, y en a sûrement pas qu'une à Bruxelles, mais la piste mérite d'être creusée.

– Elle habite peut-êt' le secteur ?

– On va se mettre en cheville avec Van de Vesse pour essayer de la loger.

– Tout d'suite ?

– Après notre petite visite.

– On dirait qu'y a personne.

Je toque à la lourde, pour la forme.

– Pourquoi t'est-ce qu'on revient chez la veuve Godemiche ?

– J'ai l'impression que Suzy a encore à nous dire.

– Ouais, mais elle est pas là !

– Si les objets inanimés ont une âme, ils possèdent aussi un larynx. Suffit de savoir les faire parler.

Sans réponse, je tutoie la serrure avec l'ami sésame.

En priorité absolue, Alexandre se rue sur la bouteille de brut inachevée la veille. Se fige au milieu d'un indescriptible capharnaüm que je vais néannoins tenter de te décrire, consciencieux comme tu me sais.

Le logement a été passé au crible. Tout est sens dessus dessous. La bibliothèque a été renversée et les bouquins sont étalés dans le salon sur une double épaisseur. Armoires, placards, penderies, commodes ont été vidés de leur contenu. Vaisselle, frusques, paperasses sont répandues à travers la cambuse. La peau de tigre est lacérée d'entailles de cutter. Coussins et matelas éventrés crachent plumes et duvet blanc. Chouette décor pour une veillée de Noël. On n'y pense pas assez souvent.

Un premier tour d'horizon nous réconforte sur un point : celui qui a perquisitionné n'a pas scrafé Miss Lesbos. Du moins pas en les lieux.

Que cherchait-il ?

Des bijoux ? Du fric ? Un document compromettant ?

Sans doute pas un objet volumineux, car les plus infimes recoins ont été passés en revue. Les vases et potiches ont été brisés. On a même démonté la pendule de cuisine. À noter que, privée d'alimentation, elle nous fournit l'heure de la fouille : les aiguilles sont arrêtées sur 2 h 10. Du matin ou de cet après-midi ? Je penche pour la seconde hypothèse, car dans le congélo désossé le paquet d'épinards en branches et les steaks hachés ne sont pas encore dégivrés. Mister Chamboule-tout nous a devancés de peu.

Autre détail que je relève en ma grande sagacité, ce bout de papier collant déchiré au creux du ventre de la panthère d'onyx. Comme s'il avait servi à plaquer quelque chose sous la sculpture. Quelque chose qu'on aurait arraché sans prendre le temps de décoller le Scotch.

Côté salon toujours, les livres sont ouverts, cornés, froissés, certains même déchiquetés. Que peut-on dissimuler entre les pages d'un bouquin, hormis un edelweiss séché ? Un billet doux, une liasse de talbins, une disquette informatique, tout au plus.

Tandis que le Mastard sonde les cloisons et les parquets, je feuillette tour à tour les volumes épars, les empilant soigneusement après consultation pour ne pas les compulser deux fois. Je déniche des factures, des notes, des tickets de teinturier, des recettes de cuisine et diverses lettres que j'examine plus particulièrement.

Enflammées, elles émanent de Suzy ou de

Gersande, adressées l'une à l'autre. Je les survole avec pudeur, répugnant à m'immiscer dans la jachère des broutaisons. Une bafouille destinée à Mme Paul Hisson retient mon attention. Le libellé de l'enveloppe ainsi que le message ont été dactylographiés. Seule la signature est manuscrite. Bien calligraphié, on reconnaît aisément le prénom d'Eddy, ce que confirme le contenu du poulet :

Ma sœur,
Pour les raisons que tu imagines,
j'ai été obligé de prendre le large
avec la petite.
Jordanne est au courant de tout,
mais pour notre sécurité, elle accrédite
la thèse de l'enlèvement.
Elle me rejoindra bientôt.
Évite de correspondre avec elle pour
ne pas éveiller les soupçons des flics.
Ne t'inquiète pas, tout va bien.
Je t'embrasse.

Eddy

Le tampon indique que la lettre a été postée à Paris le 16 janvier 2002, soit trois jours après la disparition d'Eddy et Lydie Dewouter.

Tu veux mon sentiment, Armand ? Je suis largué complet ! Si effectivement Jordanne avait été de mèche avec son mari, pourquoi ne l'a-t-elle pas rejoint, une fois l'affaire tassée ? Pourquoi, au contraire, nous a-t-elle tannés sans relâche pendant tout ce temps pour qu'on retrouve sa gamine ? Parce que Eddy n'a pas joué le jeu convenu et s'est réellement évaporé dans la nature ?

Flairant mon désarroi, Alexandre s'approche :

– T'as trouvé c'que tu cherchais ?

– Pire que ça ! Mais je doute que c'était l'enjeu de la fouille de notre prédécesseur.

– Pourquoi t'est-ce ?

– N'en déplaise à Edgar Poe, si le visiteur s'intéressait à une lettre, il ne pouvait manquer celle-ci. En admettant même qu'il la loupe, il en aurait dégoté quelques autres. Or toutes les bafouilles étaient encore coincées entre des pages de livres. Non ! Il était en quête d'autre chose.

Une plombe plus tard, tout a été tamisé au peigne à poux. Béru a même dévissé les vibros de ces dames, non sans les avoir préalablement reniflés et suçotés.

Marrons sur toute la ligne !

De guerre lasse, nous nous résignons à battre en retraite. À titre de dédommagement, le Gros cueille la boutanche de champagne et s'en téléphone le restant en P.C.V. Spectacle inouï et invu à ce jour, il recrache aussitôt le breuvage :

– Dégueulasse !

Au bout de sa langue, des bribes de tabac restent collées.

– Un sagouin a balancé son mégot dans la roteuse !

Alors, à cette seconde, j'éprouve la certitude pourtant infondée que la personne ayant fumé aujourd'hui ce clope était aussi, voici cinq ans, le conducteur de la seconde Volvo.

Ou la conductrice.

C'est en rebouclant la lourde avec mon sésame que je réalise l'anomalie. À l'évidence, cette serrure n'a pas été forcée. Or elle se trouvait en position fermée quand je suis arrivé. D'où l'interrogation suivante : comment le perquisiteur a-t-il ouvert, puis reloqueté derrière lui ? À l'aide d'un passe, ainsi que j'ai opéré ? Il s'agit d'un système de sécurité trois points (à installer sur les loges) du genre coriace. Sans me donner de gants, pour crocheter ce modèle avec un simple bout de fil de fer, faut être de la partie. Un malfrat outillé aurait agi au plus vite en la perçant d'un coup de foret, ce qui l'aurait démantelée. Les burnes sur le billot, je jurerais que le zigue possédait la clé.

Bien organisé, il savait où trouver la clé de Paul Hisson sur son palier, s'était procuré un double de la clé de Suzy et Gersande...

Clé !

Une association d'idées pirouette soudain sous l'écorce de ma cacahuète.

Et si c'était une clé, précisément, que le fureteur cherchait dans l'appartement ?

Une clé plate, facile à dissimuler, même entre les pages d'un bouquin ou sous le ventre d'une statuette animalière ?

Une clé semblable à celle dégauchie dans la gadoue mortuaire de la Volvo ?

Je sonne le commissaire Van de Vesse, lui recommande de lancer tous ses archers aux trousses de Suzy Lamotte. Car si le fruit de mon raisonnement n'est pas blet, la plantureuse kiné se trouve en grand danger.

– Rencarde-toi aussi sur une blonde au volant d'une B.M. qui rôdaille dans le quartier de la Grand-Place, ajouté-je.

– Envie de te faire tirer la tige, Antoine ?

– Une pute ?

– Demi-mondaine. Elle se fait appeler Malicia et racole les nababs aux abords de l'Amigo Palace.

Je répercute l'info à un Béru toujours ravi de se voir confier ce type de mission.

– Et toi, tu te lances sur quelle chaude piste ?

– Celle de l'assassin.

Il me juge bien présomptueux.

Toi aussi ?

Et moi donc !

CHAPITRE 24

Le triangle des bermudas

Elle l'avait repéré de loin. Grand, svelte, grisonnant, il avait quitté l'hôtel du pas hésitant d'un homme devant une petite heure à tuer. Il arborait un manteau de haute coupe, doublé de fourrure, et balançait avec désinvolture un attaché-case au bout d'une main gantée. Au fur et à mesure qu'il approchait, elle pouvait détailler ses traits. Pommettes saillantes, yeux légèrement bridés, teint hâlé... un Sud-Américain, songea Malicia. Elle raffolait des Argentins. Surtout bien argentés. Des tempes et de la bourse.

Elle avait réglé à fond le chauffage de son siège. S'agissait pas de rambiner avec les miches glacées.

Elle baissa légèrement sa vitre, guettant le

passage du micheton. Elle allait prononcer sa formule magique lorsque la portière avant droite s'ouvrit à la volée.

Un mastodonte rougeaud et repoussant s'installa sur le siège. Elle jura intérieurement. Ce gros lard allait faire foirer sa racole.

– Navrée, mais j'attends un client !

– Maintenant, le client, c'est mézigue ! répliqua Bérurier. Un pote à moi t'a chauvement r'commandée.

– C'est gentil, mais...

Le Latino rupin venait de passer devant la B.M.W. sans même lui accorder un regard. Il s'éloignait sur le trottoir en direction de la station de taxis.

Après tout, si ce goret avait de la thune, ça vaudrait toujours mieux que faire l'impasse.

– T'as dû le monter hier au soir, insistait Alexandre.

– Possible.

– Un vieux kroum, a'ec une moustache de rat musclé !

La prostituée éclata de rire :

– Ah ! César ! Il voulait me réciter des poèmes. À trois cents euros de l'heure !

– Qu'est-ce que tu lui as fait ? questionna le « client » d'un ton subitement inquisiteur.

– Ben... une pipe, c'te bonne blague ! Pas de la tarte, d'ailleurs ! Y a fallu que je sorte le grand jeu pour lui faire cracher son petit vomi ! Enfin, du moment qu'il les allongeait. C'est pour me causer de lui que t'es là ? Parce que j'ai pas que ça à faire, moi !

Béru appliqua sa patte velue sur la cuisse de la môme, retroussa la jupe d'un geste rude, jusqu'à découvrir la frise des bas et les jarretelles qui les pinçaient. Une fausse blonde, à en juger par le triangle sombre qu'on devinait sous la dentelle de la culotte.

– T'as vu la came ? rouscailla Malicia en rabaissant son froufrou. Maintenant tu carmes ou tu te casses !

– Qu'est-ce vous avez été fout' du côté de chez Stok ? poursuivit le Concupissant sans tenir compte de l'injonction.

– Il t'a pas dit ? Il m'a demandé de faire le taxi, en sus. Il connaissait pas la ville et il avait un truc urgent à récupérer avant de s'envoyer en l'air. Il m'a proposé double tarif, ça se refuse pas. Bon ! Alors, tu me le fais, mon petit cadeau ?

– Ton p'tit cadeau, Malicia, s'rait d'pas t'embarquer au ballon pour renculage sur la voix pudique !

– Merde ! T'es de la volaille ?

– Ça se voit pas ?

La fille laissa palpiter ses narines :

– Non, mais ça se sent ! Viens, on va chez moi ! Ça sera cadeau et tu m'oublies.

– Banco. Mais dis-moi : où est-ce que tu l'as largué, le Débris, après vot' p'tite affaire ?

– Ici même, là où je l'avais alpagué. Il cherchait un grand magasin ouvert en nocturne. Je lui indiqué les Nouvelles Galeries. Tiens-toi bien, il voulait s'acheter des lunettes de soleil et un bermuda à fleurs. Il serait pas un peu de la famille Alzheimer, ton copain ?

CHAPITRE 25

La souricière

Le préposé de chez Stok se prénomme Lucien, c'est écrit en caractères gras sur son badge. Au Stella où il tient salon durant ses jours de congé, on l'a sûrement baptisé Lulu.

Une moustache otarienne sous un tarin façonné en morille fraîche parvient tant bien que mal à dissimuler son bec-de-lièvre. Pommettes persillées comme du gîte à la noix, œil gélatineux, on le devine confit en libations. Casquette vissée sur le vide sanitaire de ses pensées, il achève son gobelet et me gratifie d'une exhalaison caraïbe.

– Un bon thé, ça réchauffe, croit-il se justifier.

– Quelle variété, demandé-je, Bacardi ou Negrita ?

– Vous avez le nez ! Je l'allonge un peu pour faire plus gai.

Il tombe en arrêt devant le bifton de cinquante raides que je lui tends. Le gobe avec une furtivité de caméléon.

– En quel honneur ? articule-t-il non sans avoir jeté un regard circulaire, s'assurer que la gratification n'a pas eu de témoin.

– Je voudrais consulter le registre des entrées et sorties de ces dernières heures.

Le gars hésite.

– En principe...

Un second talbin de même format vient à bout de ses réticences. Il dépose la main courante sur le rebord du guichet et se lève.

– Faut que j'aille pisser un coup. Moi, j'ai rien vu...

Peu de va-et-vient, ces temps-ci, à la société de stockage. Depuis le départ de César Pinaud, hier à 20 h 31, seulement quinze personnes ont fréquenté l'établissement.

Aucun nom ne m'est connu. Cela me déçoit

et me réjouit tout à la fois. Suis ma pensée, ma poule : je suis déçu de ne pas repérer d'emblée le blaze du fouineur de chez Suzy, ce qui m'aurait permis de l'alpaguer dans les meilleurs délais. Désappointé aussi à l'idée que cet individu m'est peut-être un illustre inconnu. Inquiet surtout de faire fausse route en privilégiant la piste d'une clé de chez Stok identique à celle de l'introuvable Pinuche.

Mais réjoui par l'espoir que le nouveau possesseur de la clé n'est peut-être pas encore venu ici récupérer ce qu'il convoite.

Le cahier étant doté d'un duplicata carbone, je déchire celui-ci et le planque dans mes vagues.

Coup de turlu à Béru. Il met longtemps à décrocher son portable.

– Quoi... bordel de merde ? fait-il, rogneux et haletant.

– Alexandre ?

– N'instant, Tonio ! Tourne-toi, ma gosse... mieux que ça...

– Non, par là je le fais pas, proteste une voix féminine dans le lointain. Surtout avec un engin pareil.

– Trop tard !

Sur fond de beuglement déchirant, Béru me revient :

– Qu'est-ce tu veux, San-A ?

– Que tu viennes presto me rejoindre chez Stok.

Il pousse un grognement d'okapi en rut.

– J'finis Malicia et j'radine !

*

J'adore l'ambiance d'une rédaction de presse, avec tous ces burlingues à côte-côte comme les machines à coudre d'un atelier de confection clandestin.

Chacun, dans son petit périmètre, se démène sur son ordinateur tout en jacassant au téléphone, sans s'occuper du voisin. En résulte un bourdonnement de ruche au sein duquel tout le monde parvient à suivre le fil de sa propre conversation, de ses écrits, de ses pensées.

Albertine m'accueille en copain d'un chaste bisou. Si elle vendrait son âme, sa mère et sa compile intégrale de Petula Clark pour un scoop, elle ne s'avise pas d'en fournir aux autres, surtout concernant sa vie privée. Je subodore pourtant que ça gargouille de joie dans son jean moulant.

– C'est gentil d'être passé, Antoine.

– Gentil, mais intéressé, précisé-je.

Elle se méprend :

– Je peux vraiment pas m'absenter, là ! Et puis le *quicky* dans les toilettes, c'est pas mon style.

– Alors parlons boulot.

Je lui tends le feuillet arraché au registre de la société Stok.

– Est-ce que l'un des noms de cette liste t'évoque quelqu'un du dossier Dewouter ?

Professionnelle jusqu'au bout des ongles (au-delà, c'est sa vie privée), elle étudie attentivement le document.

– Il y en a un, c'est le même que mon crémier, mais, concernant notre affaire, ils sont tous inconnus au bataillon.

Sans transition, je lui soumets la lettre d'Eddy à sa sœur, découverte chez Suzy. Elle la parcourt vite fait.

– Troublant ! Tu as une idée derrière la tête, Antoine ?

Pas de finasserie :

– Dactylographier une lettre à sa frangine, je trouve ça bizarre. De même que rédiger idem un message annonciateur d'un suicide. Dans ces circonstances, il me semble qu'on écrit plutôt à la main. Alors je me demande...

– ... si la même personne n'aurait pas tapé les deux missives ? m'interrompt la ravissante.

– Si tu lis dans mes pensées, tu vas finir par rougir...

Elle ne se départ pas de son sérieux.

– Ne te pose plus la question : c'est oui ! J'ai eu en main le mot final de Freddy. Le papier épais, rêche et jaunâtre était le même. La police de caractères, peu courante, était identique. J'affirme que les deux lettres ont été éditées sur la même imprimante.

– J'ignorais que Sherlock Holmes avait une sœur jumelle.

– Regarde cette petite tache en forme d'étoile dans la marge gauche. Une micro-saleté sur les rouleaux, qui figurait aussi sur le dernier message du vieux Dewouter.

La conclusion s'impose, bouleversifiante :

– Ce qui signifie qu'Eddy a flingué son père et qu'il a bien manigancé sa propre disparition !

Albertine offre ses noix de cajou au rebord de la table, croise les bras sur sa succursale Yoplait.

– Impossible ! affirme-t-elle, l'œil frisant.

– Pourquoi ?

– Parce qu'il était déjà mort lorsque cette lettre a été postée.

– Si c'est bien sa dépouille que j'ai dénichée...

– C'est bien elle. L'agence Bêta-Presse vient de publier l'info : l'A.D.N. des ossements de la Volvo est en tous points comparable à celui de Gersande Lamotte.

D'un coup de grelot, je vérifie la nouvelle auprès de Van de Vesse. Il confirme. Bien qu'il ne s'agisse que de tests partiels, tout porte à croire qu'ils étaient frère et sœur, ce qui certitifie à 99 % et des broutilles l'identité du squelette.

Dans la foulée, Louison m'apprend que la drogue de Paul Hisson était additionnée d'un alcaloïde provoquant l'arrêt cardiaque. Pas chiche dans son rapport, il m'annonce itou que Mario Lungho, le Gitan, est au placard depuis le mois de février 2002 pour avoir étourdiment roulé sur un pandore lors d'un contrôle d'identité. Ce qui explique pourquoi il n'est jamais allé récupérer la bagnole chez les Haümisch.

Je digère en bloc les informations sans cesser de gamberger sur cette histoire de lettres. Je suis bien obligé d'admettre que leur auteur était une tierce personne. Je fais part de cette conclusion à ma douce Albertine.

– C'est évident, acquiesce-t-elle. Quelqu'un qui possédait des feuilles signées en blanc de Freddy et Eddy Dewouter. Un proche, forcément.

Pas question de me laisser semer du poivre par cette petite futée ! Lui prouver au plus vite qu'au-dessus de la ceinture j'ai également du répondant. Je carbure à fond les méninges.

La souricière est en place, ne reste plus qu'à attirer le rongeur dans la nasse.

– Quand sort la prochaine édition de ton baveux ? questionné-je, incorrigible brûleur de pourpoint.

– À dix-huit heures.

Je guigne mon beffroi de poignet :

– Vous avez le temps de changer la une en moins d'une plombe ?

Albertine se gausse :

– Bien sûr, si George Bush se fait assassiner !

– Je t'offre un scoop presque encore plus balèze. Voilà ce que je propose : tu déballes toute l'affaire, le meurtre maquillé en suicide du père Dewouter, l'assassinat de son fils Eddy, puis, cinq ans plus tard, ceux de sa fille Gersande et de son gendre Paul Hisson. Tu tires mon portrait et le placardes en bonne place dans ton fanzine, accompagné d'une légende ronflante, genre : *Un policier français s'apprête à arrêter le quadruple assassin.*

Hauts cris de la pisseuse de copie :

– Tu es maboul ! Si tu foires ton coup, je vais avoir l'air d'une conne !

– Je prends tout sous mon bonnet ! plaidé-je, au comble de l'exaltation. Je te signe même un communiqué officiel. Si je me plante, c'est moi qui passerai pour un nœud volant.

Ainsi fut fait.

CHAPITRE 26

Le piège

Le treizième coup de minuit tinte au clocher d'une église. Soit j'ai mal compté, soit le bedeau était marchand d'œufs dans une vie antérieure.

À moins que je ne me sois assoupi ?

Trois plombes et une bardée de broquilles que je poireaute, tassé derrière le volant à m'engourdir les salsifis.

De temps à autre, j'active les essuie-glaces pour balayer la neige qui s'accumule sur le pare-brise. Le temps idéal pour coincer un criminel. Dans un vieil Agatha Christie comme dans un San-Antonio pur fruit.

Mon portable gigote sur la banquette. Le cadran m'indique que Van de Vesse tente de me joindre pour la zèdième fois. Je laisse vibrer le mérinos. Pas envie de me justifier à propos de l'article tapageur paru en fin de journée. Il doit se demander à quoi riment mes fanfaronnades dans la presse, ce bon commissaire. J'aurais pu le tenir au courant de mes projets, bien sûr, mais il risquait de m'entraver les paluches. Il s'est montré infoutu de retrouver Suzy. De quelle utilité me serait-il en cette veillée d'affût ?

L'enseigne au néon de Stok clignote au-dessus des hangars, irisant par instants la tourmente.

Je me suis garé à une centaine de mètres de la société de stockage. J'aperçois la lueur de la guérite de gardiennage où Béru se trouve en faction. Coriace à raisonner, le jeune veilleur de nuit ! Insensible à mon obole, il voulait alerter la direction. Alexandre a dû l'amadouer avec sa légendaire diplomatie. Pour l'heure, il croupit, bâillonné, au fond d'un de ses boxes les plus douillets. Fais-moi penser à envoyer un bouquet de roses à sa dame, à titre compensatoire. Et à lui offrir une paire de prémolaires toutes neuves.

Le temps s'écoule encore, telle une plaie mal refermée. Et puis, surgis de nulle part, deux phares percent la nuit tourbillonnée de flocons.

Une bagnole rapplique au bout de la rue à petite vitesse. Ralentit encore à l'approche de l'entreprise. D'une pression du pouce, je sonne Béru.

– J'ai vu ! me répond-il en guise de allô.

– On fait comme on a dit : tu le laisses entrer récupérer son blot et on l'alpague à la sortie.

– Gigot !

Le conducteur s'arrête devant la grille, coupe ses loupiotes et débarque sur le trottoir. Je ne distingue que sa silhouette enveloppée d'un long manteau sombre et affublée d'un chapeau à large bord.

Le personnage marche vers la guitoune, portant une besace en bandoulière. Il se fige soudain. Fait demi-tour, retourne d'une ruée à sa tire et redémarre en marche arrière.

– Merde ! Je crois qu'y m'a r'connu ! tonne l'Enflure, toujours en ligne. Malgré la casquette !

– On fonce ! beuglé-je.

J'ai déjà mis le contact, mais le moteur hoquette. Putain de diesel ! Lorsque les pistons ronflent enfin, le fuyard est déjà presque parvenu au carrefour.

Pleins phares, je fous la sauce, double Béru qui patine dans la neige avec ses pompes à semelles éculées.

Là-bas, le zigoto manœuvre pour se remettre dans le bon sens. Mais voilà qu'une autre guinde débouche d'une rue perpendiculaire et vient l'embugner par le travers. Sous l'impact, les deux véhicules glissent et disparaissent de mon champ de vision.

Lorsque j'arrive à mon tour au croisement, une ombre s'engouffre dans l'auto tamponneuse et décarre en trombe, tanguant du cul d'un bord à l'autre de l'avenue. Me semble bien que cette ombre trimballait la besace de l'homme au chapeau, lequel s'est affaissé sur son volant, déclenchant le klaxon en continu.

Je crie au Mastard de s'occuper du blessé et prends en chasse le zigzageur, zigzaguant tout autant que lui. Je parviens à stabiliser ma C5 et à gagner du terrain.

Un feu rouge se présente. Le voleur de sac le grille sans états d'âme. Je suis contraint de lever le pied pour laisser passer un camion qui déboule de ma droite.

Inutile de refoutre la gomme, devant moi le poursuivi ralentit. Son engin fait une embardée, change de cap, grimpe sur le trottoir et s'en va emplâtrer, presque à l'arrêt, la devanture d'un magasin.

Je bondis hors de ma caisse, soufflant en main, et crapahute jusqu'à la bagnole accidentée.

Je remarque seulement qu'il s'agit d'une Volvo S 80 gris foncé d'un modèle déjà ancien.

À l'intérieur, ça fleure le tabac.

Mais il n'y a plus personne.

Ni chauffeur, ni besace.

L'enfoiré m'a fait le coup du saut en marche alors que j'étais masqué par le gros-cul. Une cascade pas trop casse-cou sur le sol enneigé.

J'en rirais si je n'avais pas envie de me bouffer les roustons à la sauce poivrade !

Mortifié, je retourne à mon point de départ.

Soutenu par Bérurier, l'homme au chapeau accomplit quelques pas hésitants pour se dérouiller les guiboles.

Il semble avoir recouvré ses esprits.

Je devrais plutôt dire « elle ».

Quoique...

Vu qu'il s'agit de Suzy Lamotte.

CHAPITRE 27

La piste

La dévastation de son appartement l'a achevée. Suzy nous a pondu la *big nervous breakdown* avec roulades au sol et arrachage de tifs par pleines poignées.

Pour la calmer, Béru lui a flanqué un seau d'eau à travers la frime. L'aspersion n'y suffisant pas, il a même dégainé sa lance, allant jusqu'à la menacer des outrages suprêmes. L'odieuse perspective a finalement eu raison de sa crise de nerfs.

La voici allongée sur son pucier, une morve sourdant des naseaux, alternant sanglots longs et ricanements compulsifs.

Une foultitude de questions se bouscule au

portillon de ma curiosité, comme l'écrivait La Rochefoucauld (Maxime pour les intimes).

Et si on les prenait dans l'ordre ?

– Qui vous a agressée, Suzy ?

– Je n'en sais rien, larmoie-t-elle entre deux reniflements. L'accident m'a estourbie. Je ne me suis pas aperçue qu'il me volait ma besace.

– Qu'y avait-il dans ce sac ?

Motus et moule cousue.

Béru porte la pogne à sa braguette magique. Habituée à ce genre d'exercice, la langue de lady Lamotte se délie aussitôt.

– Une clé.

– La clé d'un casier de chez Stok ?

Moins familière du genre, la fille opine.

– Avec un gros pacson d'flouze dans le coffiot ? suppute Bonhomme-la-lune, alias Son Altesse Sélénissime.

– Pas d'argent, mais les coordonnées de coffres au Luxembourg. Gersande m'avait tout expliqué, pour le cas où il lui arriverait malheur.

L'évocation de sa gigolette ravive son désespoir.

Grande âme, Alexandre lui tend son mouchoir. Du coup, en plus de chialer, Suzy se fout à dégobiller. Une petite gerbe biliaire dans les verts jaunasseux.

– D'où lui venait cet argent ?

– De son papa. Avant de mourir, il avait mis ses enfants à l'abri du besoin.

– En contournant le fisc ?

– C'est pas mes affaires !

– C'est ton pognon, mais c'est pas tes oignons, raille la Gonfle.

Je lui fais signe d'écraser.

– On ne travaille pas aux Impôts, fais-je, rassurant ; la provenance de ce fric nous indiffère.

– De toute façon, je n'ai plus la clé, soupire Suzy. Il s'agissait de comptes anonymes. Le voleur va trouver toutes les coordonnées. Il n'aura plus qu'à aller se servir.

– Il n'en fera rien. Une escouade de policiers a été déployée chez Stok. Si le type pointe le bout de son nez, il sera immédiatement embastillé.

Par parenthèse, l'ami, je te signale que la piste de la Volvo ne risque pas de nous mener jusqu'à l'assassin, cette bagnole ayant été dérobée en

2001 à Liège à un brave représentant en bouchons.

– En vérité, pleurniche la veuve Gousse-d'ail, le fric, je m'en fous. On n'y touchait déjà pas du vivant de Gersande, à ce pactole. Nos paies nous suffisaient. Mais on se disait qu'un jour, peut-être, on irait finir notre vie toutes les deux aux Seychelles ou aux îles Marquises. Maintenant qu'elle n'est plus là...

Nous respectons sa nouvelle poussée lacrymale. J'en profite pour te confier les trésors de psychologie que j'ai dû déployer pour faire ingurgiter le morceau à Van de Vesse. Lui raconter que j'avais agi dans l'urgence, que j'avais tenté de le joindre, mais que mon portable était en rideau. J'ai fait valoir que si le coupable s'était enfui, j'avais tout de même sauvé la vie de Suzy. Sans témoin, il l'aurait certainement tuée après lui avoir chouré la clé. Je ne pense pas qu'il ait été dupe, le commissaire, mais il a fini par se ranger à ma raison. Pour justifier la séquestration du veilleur de nuit, on lui a laissé croire que nous appartenions aux services secrets de Sa Majesté le roi des Belges et que nous avions voulu lui éviter la confrontation avec un dangereux criminel. En fin de blabla, le brave zigue se comportait déjà en héros, s'attendant même à une prochaine nomination dans l'ordre du Mérite et Dévouement.

Digression achevée : Mme Lamotte est en état, on reprend l'interrogatoire. Petite question anodine, juste pour tester sa coopération :

– Où Gersande rangeait-elle la clé de son casier ?

– Scotchée sous le ventre de la panthère.

Pas d'embrouille, Suzy joue franc jeu.

– Où étiez-vous cachée, ces dernières heures ?

– Je n'étais pas cachée. Je ne supportais pas de rester seule ici avec le fantôme de Gersande. J'ai demandé à une copine de m'héberger, en tout bien tout honneur, pour quelques jours, le temps de rependre pied. J'ai emporté quelques effets...

– ... et la clé !

– Et la clé.

– C'est l'article du *Soir* qui vous a décidée à aller faire un petit tour au coffre ?

– Je le reconnais. Je me suis dit que la police

n'allait pas tarder à mettre son nez dans mes affaires. Je ne suis pas une fille intéressée, mais c'est quand même difficile de cracher sur cinq millions d'euros.

– Cré vingt diou ! s'exclame Béru. Ça met du beurre dans le pinard !

J'opère un petit saut dans le temps.

– Avant-hier, vous nous avez dit que Gersande était bouleversée par la disparition de son frère. Maintenez-vous cette affirmation ?

– Absolument.

– Pourtant, il lui avait écrit une lettre pour la rassurer, lui annoncer qu'il partait à l'étranger sans laisser d'adresse.

– Bien sûr. Mais elle s'étonnait qu'il ne donne jamais signe de vie. Au fil du temps, son inquiétude croissait.

– Et Lydie ?

– Gersande la croyait avec son père et sa mère.

– Le dimanche de la disparition d'Eddy, il ne lui aurait pas confié la petite ?

– Je ne connaissais pas encore Gersande. Mais si ç'avait été le cas, elle m'en aurait parlé. Je ne l'ai jamais vue, moi, cette gamine.

Je change à nouveau de cap :

– Comment avez-vous été engagée comme kiné chez les Haümisch ?

– C'est Gersande qui a vu l'annonce. Ces personnes avaient besoin de soins quotidiens pour leur petite fille asthmatique. Elle m'a dit que c'étaient eux qui avaient racheté la maison de son père, que c'étaient des gens bien et que je pouvais y aller en toute confiance.

– Et vous avez fait part aux Haümisch de votre connaissance commune de Gersande ?

– Je n'en ai pas souvenir. Le mari n'est jamais là et la femme se montre plutôt distante. On avait peu d'occasions de converser.

J'en viens, mine de rien, au point crucial :

– Le jour de la mort de Gersande, vers midi, Mme Haümisch vous a téléphoné pour vous décommander. Que vous a-t-elle dit exactement ?

– Eh bien, qu'on venait de découvrir un squelette dans le coffre d'une voiture... Quelque chose comme ça.

– Qu'avez-vous fait ?

– J'ai aussitôt appelé Gersande pour le lui raconter.

– À son travail ?

– Chez maître Koodtrijk, oui.

– Comment a-t-elle réagi ?

– Je l'ai sentie troublée par la nouvelle. Mais elle a vite raccroché car elle avait encore beaucoup de boulot et elle voulait finir tôt. On devait fêter notre premier mois de mariage.

L'esprit titillé par mon lutin privatif, je dégage de ma fouille l'agenda 2002 de *Herr* Haümisch. Je cherche le numéro composé par lui lorsque, essayant de joindre Gersande, il était tombé sur ce gredin de Paul Hisson. Je le désigne à Suzy.

– Connaissez-vous ce numéro ?

– Évidemment !

– Celui de Gersande à l'époque où elle vivait avec son premier mari ?

– Mais non, voyons, c'est...

Je ne l'écoute plus.

Fébrilement, je compare le numéro en question avec celui figurant sur une carte de visite qu'on m'a récemment remise.

Colossale jubilation, mon pote !

Et je m'adresse en aparté à l'assassin :

« Tu m'as échappé par l'action, salope ! Je te rattrape par la déduction ! »

CHAPITRE 28

L'insatisfaction

Maître Koodtrijk pinça les fesses de sa nouvelle recrue. La fille se mit à glousser, tortillant du croupion. D'évidence, cette dinde ne ferait jamais l'assistante dont il avait besoin. Le temps de la sauter et il mettrait fin à sa période d'essai.

– Faites entrer le client suivant, Hélène.

La fille s'éclipsa et introduisit presque aussitôt un grand type ventripotent et mal rasé à la mise digne d'un épouvantail.

Quelque forain en proie à un problème de patente, songea l'avocat, bien décidé à l'éconduire au plus tôt. Il serra sans effusion la patte rustaude de l'arrivant.

– Bonjour, monsieur, que pouis-je pour vous ?

En guise de réponse, l'autre prit du recul et lui assena un formidable coup de boule sur l'arête du nez.

Koodtrijk s'effondra d'une masse au pied de son agresseur, complètement groggy. On aurait dit qu'on venait de lui greffer un piment d'Espelette au milieu du visage.

Le client entreprit alors une fouille expéditive des placards du bureau. Jusqu'à ce qu'il dénichât une besace, tassée derrière une pile de dossiers.

Et, dans cette besace, une petite clé plate et triangulaire portant l'inscription STOK 92.

Satisfait du devoir accompli, l'inspecteur Bérurier gratifia l'homme à terre d'un penalty entre les côtes flottantes avant d'aller ouvrir la porte de la salle d'attente.

– L'homme est à vous, commissaire Van de Louf ! déclama-t-il de sa voix de chantre biélorusse.

*

Je ne trahis jamais mes promesses.

Ainsi ai-je laissé mon ami Louison procéder

hors ma présence à l'arrestation de l'assassin, et réservé à ma doulce Albertine la couverture exclusive de l'événement.

Béru me rejoint au Roi d'Espagne, brasserie emblématique de la Grand-Place. J'ai choisi une table auprès du feu ouvert où une bûche centenaire achève de se consumer.

Le Mastard commande une Rodenbach, bière à la robe de goudron et au goût de déjà-vomi, la liquide d'une lampée, en réclame une seconde avant d'attaquer son rapport, fier comme un bar-tabac.

Le marché passé avec Van de Vesse était clair. Je m'effaçais du paysage et lui offrais les marrons grillés à condition que mon adjoint Bérurier participe à l'interrogatoire de Koodtrijk.

Tu te doutes que la notion de participation du Gravos n'est pas celle du baron de Coubertin. Il est encore en nage, malgré les rigueurs de l'hiver. Et ses pognes d'étrangleur sont tout endolories par les gnons distribués.

Je l'écoute religieusement, mon brave Bibendum, tout en me laissant alanguir par la touffeur du feu.

– N'en fait, ça tient z'en quelques lignes, débute-t-il. J'ai quand mêm' pris des notes, au cas z'où.

Il déplie un papier de boucherie, le lisse.

– C'est tout c'que j'avais sur moi. Une escalope que Berthe m'avait ach'tée la s'maine passée. J'escomptais la cuire dans mon burlingue, mais a'ec tout ça, j'l'ai oubliée dans mon veston. Du coup, j'l'ai briffée crue, t't'à l'heure. Un rien verdâtre, mais tend' et boucanée à souhait. Brèfle ! L'affaire démarre en l'an 2000. Koodtrijk r'çoit la visite du vieux Freddy. Il cherchait une combine pour blanchir son oseille et la faire passer à l'as. Tout a marché sur du v'lours jusqu'au moment où Koodtrijk est dev'nu gourmand. Tous ces millions qui valsaient, ça lui a tourné la boule.

– Je vois : il a décidé de réaliser le grand coup.

– 'Fectiv'ment. En loucedoc, il faisait glisser à son profit une partie de c'que D'wouter engrangeait. Il s'occupait z'aussi des placements des enfants. Il avait même engagé la fille, Gersande, pour bosser a'ec lui, manière d'l'amadouvier.

– Ce qui explique qu'il avait à sa disposition des lettres signées en blanc des différents protagonistes.

– Ezact ! Mais ça, Gersande ne le sachiait pas. Un beau jour, le dabe a flairé l'arnaque. Alorsse, Koodtrijk l'a dessoudé en f'sant croivre au suicide par lui-même. Comme la jouvence de l'abbé, la chance lui a souri. En haut lieu, le canage du vieux arrangeait les bidons. Il était dans le collimateur et risquait d'faire tomber des gros bonnets. Du coup, on n'a pas trop cherché de poux et le suicide a été mis en pâté.

– En pâté ?

– Escuse, j'veux dire mis en terrine.

– Entériné, quoi.

– Chipote pas, Tonio !

– Et le meurtre d'Eddy ?

– Même topo : le fiston a commencé à se gaffer.

– Pourquoi le suivait-il, le samedi 12, à Paris ?

– Il l'filochait pas, il l'accompagnait. Ils avaient eu un rendez-vous, la veille, à Pantruche pour l'bizenesse. Y d'vaient rentrer d'conserve à Bruxelles. N'au cours d'ce voyage, il a pigé qu'Eddy allait découvrir le poteau rose. Il l'a attendu l'dimanche matin devant chez sa sœur et lui a filé l'train jusqu'à

Fryttansacq. Il lui est tombé su'l'pal'tot et l'a poussé à la baille. D'wouter a eu beau nageoter, il l'empêchait d'remonter. A'ec le froid, l'Eddy a eu tôt fait d'calancher.

– Pourquoi a-t-il laissé le corps barboter dans la piscine pendant au moins vingt-quatre heures ?

– C'te bonne blague, y pouvait pas ach'ter d'la chaux-de-pise un dimanche. Il est rev'nu le lundi avec la malle et le produit. L'grain d'blé qu'a tout fait foirer, c'est le Gitan, Mario. Il l'avait chargé d'évacuer la caisse tout de sute et discrétos. Mais l'manouche a plongé une première fois. Une broutille. Il a été relâché au bout d'huit jours. Quand Koodtrijk a r'çu l'appel d'Haümisch au burlingue, il s'est fait passer pour l'mari de Gersande. Il a recontacté Mario qui lui a promis d's'occuper d'la guinde.

– Mais il s'est encore fait enchrister, et pour vingt piges, cette fois ! Sans nouvelles de Geoffroy, l'avocat a pensé que l'histoire de la voiture était réglée.

– Textuel !

– Et quand on a découvert le squelette chez Haümisch, Koodtrijk l'a appris par Gersande. Il a alors décidé de liquider les deux derniers témoins qui pouvaient savoir des trucs compromettants sur lui. Poussé par sa cupidité, il a essayé d'embourber aussi le magot de Gersande. C'est clair, maintenant. Mais Lydie, dans tout ça ?

Alexandre rabat du groin :

– Il jure ses grands dieux qu'il lui a rien fait. Qu'la p'tite était restée chez Gersande. J't'assure, San-A, j'ai pas pleuré mes biscotos pour l'interroger. J'en ai même le pouce foulé, te dire ! Il a rien voulu cracher. Et pour Pinaud, idem ! Il n'sait même pas qui c'est !

– Il faut encore le questionner ! tempêté-je.

– N'y crois pas trop ! Tu lui enfonc'rais un tisonnier dans l'pétrus, il en dirait pas plus. On a fait c'qu'on a pu. C'est quand même un d'mi-succès.

– Un demi-succès, Béru, c'est pire qu'un vrai échec !

FIN

Comment ça ?

Tu ne crois pas que je puisse te planter là ?

T'as raison, mon gars. Tourne la page, y a du rab !

CINQUIÈME PARTIE

Lorsque l'enfant reparaît

CHAPITRE 29

La chansonnette

Devant le pape Grégoire, à Canossa, Henri IV le Germain devait être plus guilleret que moi aujourd'hui. Une partie de rigolade, la dégradation d'Alfred Dreyfus, à côté de ce que j'endure. Aucun mot ne me vient aux lèvres. Pas même bonjour, ni la plus brève des onomatopées.

Je reste planté sur le seuil sans oser affronter le regard de Jordanne.

– Eh bien, entrez, voyons !

J'avance d'un pas, redresse le menton.

Crois-moi si tu veux, mais elle n'affiche pas triste mine, Mme Dewouter. Son visage paraît même serein.

– Un petit café ?

Gros effort pour articuler :

– Merci.

– Merci oui, ou merci non ?

– Je n'ai envie de rien.

Jordanne me prend par le bras et m'entraîne vers le salon.

– Ne faites pas cette tête-là, commissaire. Ce sale type a tué mon mari, mais pas ma petite Lydie. Il l'a dit. Je l'ai lu dans la presse. S'il l'avait fait, je suis sûre que votre gros adjoint aurait su le faire parler. Ma fille est vivante. Je le sens ! Je le sais !

Ces paroles me flanquent un coup de fouet.

Elle a raison. Une mère qui espère a toujours raison. Comment cette évidence ne m'a-t-elle pas sauté aux yeux plus tôt : on ne résiste pas à un interrogatoire de Béru. On avoue même plutôt ce qu'on n'a pas commis !

Je m'arrête brusquement devant la porte de Lydie, comme un épagneul lève la patte avant en flairant un gibier.

– Je veux entrer dans cette chambre, dis-je d'un ton que je ne me connais pas.

Jordanne se crispe.

– Je vous ai déjà dit que...

– J'ai compris votre superstition. Rassurez-vous : je ne pousserai pas la porte.

Je traverse le living, ouvre la fenêtre, l'enjambe.

– Vous êtes fou !

Un peu, que je suis fou ! Fou de rage de n'avoir pas visité cette piaule plus tôt, à l'encontre de toute logique policière. Parce que la solution se trouve à l'intérieur, je le sens, je le sais, avec la même irrationnelle certitude qui pousse Jordanne à affirmer que sa fille est encore en vie.

Je m'accroche à la rambarde et laisse pendre mon corps au-dehors.

Jordanne pousse un hurlement de terreur. Me conjure de revenir. Mais rien ne peut me stopper.

D'un balancement calculé, je m'élance dans le vide, attrape la rambarde de la fenêtre voisine, celle de la chambre de Lydie, précisément.

Un prompt rétablissement (à ta santé !), un coup de coude pour exploser la vitre. Je fais basculer l'espagnolette, pousse les deux battants et me coule dans la pièce.

Le temps de reprendre haleine et la perquise commence.

Je t'épargne l'odeur de renfermé, les toiles d'araignée, les fils de la Vierge, les moutons, les minons, les chatons de poussière. Pour le reste, une chambre de fillette des plus conventionnelles.

En priorité, j'ouvre l'armoire, regarde sous le lit et dans les tiroirs de la commode. Pardonne-moi le détail, mais on a déjà vu des mères conserver le cadavre de leur enfant.

Inch Allah ! Ici, tout est de bon aloi.

Je furète de-ci de-là, au gré de mon inspiration.

Sur la table de chevet, je découvre une photo dans un cadre rose en forme de cœur. On y voit la petite famille, tous trois portant le même duffle-coat bleu.

Tandis que j'inspecte d'autres clichés punaisés sur un pêle-mêle, mon pied heurte un objet coincé sous la porte.

Il s'agit d'une cassette audio que l'on a sans doute fait glisser depuis le couloir, mais qui est restée bloquée là.

Le temps de dénicher le mange-cassette Fisher Price, un duo de piles non encore déballées, et j'écoute la bande. La voix de Lydie, cristalline par instants, nasillarde à d'autres, me serre le kiki. La gamine récite un poème de sa composition (avec la complicité de maman), de ce ton propre aux enfants, alternance de phrases boulées et de mots avalés. Il est dédié au Père Noël :

Père Noël,
L'hiver est là. Je suis sûre que tu descendras
vite dans ma cheminée. Viens, je t'attends.
Je t'aime de tout mon cœur. Si je te vois,
il ne faudra pas te sauver.
J'ai envie de plein de cadeaux, mais j'ai peur
de n'avoir pas toujours été sage.
Maman me dit que c'est pas grave.
À bientôt, Père Noël.
Surtout ne prends pas froid.

Lydie Dewouter

Je réécoute deux ou trois fois l'enregistrement. Troublé, je sors mon inséparable calepin, trouve la page où j'ai noté le message de la fillette. Le relis, souligne les mots présents dans la petite poésie.

Tu peux vérifier, saint Thomas, taquin comme je te connais, ils y sont tous, si on accepte « envie » pour « en vie » !

Je baisse le son du magnéto. Le silence rend soudainement présents les sanglots de la femme, derrière la porte.

– Qu'avez-vous fait de votre duffle-coat, Jordanne ? demandé-je.

– Je l'ai jeté.

– Après votre prestation dans la cabine téléphonique de la rue de Rennes ?

La porte vibre. Elle doit s'y être adossée.

– Je voulais vous obliger à rouvrir l'enquête. J'ai repris espoir quand on a appris la réapparition de la petite Natacha, en Autriche, après huit ans d'absence. Je me suis dit : pourquoi pas ma Lydie ?

– Je comprends. Vous avez bien fait. On a failli réussir...

La cassette continue de se dévider en sourdine. Je prête l'oreille. La gamine chantonne maintenant le même refrain en continu sur un air entraînant :

« Un diablotin chantait :
Tourbillon, tourbillon, c'est la fête.
Un diablotin dansait,
Tourbillon, tourbillon.... »

Le cœur bondissant, je chope mon sésame et ouvre la porte à la volée. Jordanne, qui se tenait appuyée contre, me choit dans les bras.

– Ne craignez plus la malédiction de la porte ! tonitrué-je. Vous aviez raison : votre fille est vivante, et je sais où elle est !

Elle noue ses bras autour de mon cou, écrase ses lèvres contre ma bouche.

Je la repousse gentiment.

Jamais mon fils et moi ne partagerons la même femme.

CHAPITRE 30

La déchirure

– Vous, commissaire ! Je vous croyais rentré en France.

– Le Thalys est rapide.

– Hélas, mon mari est déjà reparti au Maroc.

– Ce n'est pas pour lui que je suis ici, madame Haümisch, mais pour votre fils Léon.

Son regard se voile.

– Il est en promenade avec Mlle Trottner.

– Je sais. Il est même actuellement en compagnie d'une assistante sociale, d'un magistrat et du commissaire Van de Vesse.

Livide, la femme s'affaisse sur les marches glacées du perron.

– Comment avez-vous compris ?

– *Un diablotin chantait, tourbillon, tourbillon,*

c'est la fête, fredonné-je, *un diablotin chantait, tourbillon, tourbillon, Laripette...* Laripette ! Un mot bien peu courant que je n'avais personnellement jamais entendu. Sauf dans la bouche de votre fils et dans celle de Lydie Dewouter...

– Je savais que ça arriverait un jour.

Je l'aide à se relever.

– Venez, vous allez attraper la mort.

Je l'escorte dans le hall. Nous nous asseyons sous la statuette royale.

– Racontez-moi tout. Ça vous soulagera.

Un sourire lointain éclaire son visage.

– Elle était affamée et farouche comme un animal sauvage lorsque nous l'avons trouvée, dissimulée sous le lit de la chambre de son grand-père. Nous ne savions pas d'où elle venait ni comment elle s'appelait, je vous le jure.

– Je vous crois.

– Petit à petit, nous l'avons apprivoisée. Tout l'effrayait. Elle a mis plus d'un an avant de se remettre à parler. Et ce n'est que bien plus tard que nous avons commencé à comprendre son histoire.

– Pourquoi ne pas avoir alerté la police, dès que vous l'avez découverte ?

Nicole Haümisch dissimule son visage derrière ses mains tremblantes.

– Je ne pouvais pas avoir d'enfant. Cette petite fille était comme une envoyée du destin. Nous l'avons tout de suite aimée, Geoffroy et moi, malgré ses interminables périodes de mutisme et ses crises de rage.

« Nous aurions dû nous en séparer immédiatement. Passé quelques jours, nous ne pouvions plus la quitter. Je crois que mon mari aurait été capable de faire un fort Chabrol plutôt que de la perdre.

– Plus aujourd'hui ?

– Disons qu'elle a grandi, qu'elle devient presque une adolescente et que nous devons compter avec sa volonté.

– Vous a-t-elle raconté son odyssée ?

– Par bribes et de manière confuse. Plus elle devenait capable de s'exprimer, plus ses souvenirs s'estompaient.

– Elle a assisté à l'assassinat de son père ?

– Je ne puis l'affirmer, mais j'ai compris qu'elle se trouvait perchée dans sa cabane et qu'elle a vu quelque chose qu'elle n'aurait pas dû voir.

– Comment a-t-elle survécu durant les quinze jours écoulés entre la mort d'Eddy et votre installation ?

– La maison regorgait de biscuits, de packs de lait, de bouteilles d'eau. Elle s'en est rassasiée.

– Pourquoi en avoir fait un garçon ?

– Nous avons pensé que c'était plus prudent. Geoffroy s'est débrouillé pour lui faire fabriquer des papiers en Allemagne. Mais elle n'était un garçon que pour l'état civil. À la maison, elle restait une petite fille qui jouait à la poupée. Un peu garçon manqué, quand même, mais c'était son tempérament. Ces derniers temps, elle supportait mal la claustration. Elle avait envie de s'amuser, de se faire des copains. Elle devenait rebelle et agressive.

La femme se lève, effectue quelques pas dans l'entrée.

– Elle n'a jamais fréquenté l'école, c'était bien trop risqué. Je l'ai éduquée moi-même.

– Et quand elle était malade ?

– Bien que je n'aie jamais exercé, je suis médecin.

– Si elle avait dû être opérée ?

– Elle l'a été, de l'appendicite. C'est un chirurgien allemand qui a réalisé l'intervention. Le meilleur ami de mon mari. (Elle marque un temps.) Me permettez-vous de prévenir Geoffroy ?

– Inutile. Il vient d'être interpellé à l'aéroport de Marrakech. On va le rapatrier.

– On risque d'aller en prison ?

– Je connais mal la loi belge, mais...

– Lydie va retrouver sa mère. Mais ma petite Léopoldine ? Ce serait horrible que cette enfant devienne adoptable une seconde fois.

J'écarte les bras en signe d'impuissance.

– Espérons que les juges en tiendront compte.

ÉPILOGUE

quelques jours plus tard

Jupe plissée et chemisier à col Claudine, un soupçon de fard sur les joues, deux anneaux d'or pincés aux lobes des oreilles, Lydie a recouvré une coiffure féminine et sa coloration châtain d'origine.

Assise à la table de cuisine, elle fait ses devoirs sous la houlette de sa mère.

Je lui dépose un bisou sur le front.

– Alors, Laripette, comment s'est passée cette première journée de collège ?

– Super ! Je me suis déjà fait deux copines...

La môme me vote un sourire malicieux.

– ... et un copain ! Ouaou ! Il est craquant !

– Hé ! N'oublie pas que tu n'as que onze ans !

J'attire Jordanne à l'écart.

– C'est élégant de votre part d'être intervenue auprès du juge pour favoriser la libération conditionnelle des Haümisch.

– Lydie a besoin de moi, mais elle a besoin d'eux aussi. Je suis en train de leur chercher un appartement dans le quartier. Ils veulent se rapprocher de la petite, en attendant leur procès.

– Et vous acceptez ?

– Sans problème. Ils l'ont élevée aussi longtemps que moi et l'ont peut-être aimée autant...

– Vous êtes une sacrée gonzesse !

– Et libre ! ajoute-t-elle en se plaquant contre moi.

Le zonzon de mon portable m'évite d'avoir à la rebuffer une seconde fois.

– Allô... Allô... Antoine ? bêle une voix familière, quoique lointaine.

– Pinuche ! m'extasié-je. Mais où étais-tu passé, vieille ganache ? On se faisait un sang d'encre ! On avait même déjà acheté la couronne !

– Je t'entends mal ! Je voulais juste te dire

que j'avais retrouvé mes cachets ! Ils avaient glissé dans la doublure de ma veste.

– Qu'est-ce que tu as branlé pendant tout ce temps ? bramé-je.

– Je sais plus trop. J'ai pris des trains, des avions. J'ai ouvert des coffres...

– Où es-tu ?

Raclement de gorge.

– Attends, je me renseigne.

Je l'entends poser une question à quelqu'un dans un anglais très approximatif.

– *Yes*, mademoiselle. Merci *very much* ! Allô, Antoine ? Je suis aux îles Alligator ! Je sais pas bien ce que j'y fabrique, mais en tout cas j'ai ramassé un tas de biftons ! Des dollars, des livres, des euros, des francs suisses et des yens en pagaille. Une pleine valise. Qu'est-ce que je fais maintenant ?

– Tu sautes dans le premier avion pour Paris, mon vieux César. Et tu rapportes le magot. Il constitue l'héritage d'une petite fille qui ne l'aura pas volé !

FIN

(la vraie)

Table

PREMIÈRE PARTIE
Quand le passé ressurgit

DEUXIÈME PARTIE

Un crime vu du ciel

TROISIÈME PARTIE

Le mystère s'épaissit

Table

QUATRIÈME PARTIE

Un voile se lève enfin

CINQUIÈME PARTIE

Lorsque l'enfant reparaît

AUX MÊMES ÉDITIONS

De Patrice DARD
(Les Nouvelles Aventures de San-Antonio)

Corrida pour une vache folle, roman, 2002.
Les Contrepets de San-Antonio, 2002.
Un pompier nommé Béru, roman, 2002.
Les escargots ne savent plus baver, roman, 2003.
Ça se Corse !, roman, 2003.
Le Silence des anneaux, roman, 2004.
San-Antonio tient le bambou, roman, 2004.
San-Antonio priez pour nous !, roman, 2005.
Ze San-Antonio Code, roman, 2005.
San-Antonio Shocking !, roman, 2006.
San-Antonio contre San-Antonio, roman, 2006.
Vingt Mille Nœuds sous les mers, roman, 2006.

De Frédéric DARD
(romans de jeunesse)
La Peuchère, nouvelle, Lyon, 1938 ; Paris, 2002.
Monsieur Joos, roman, suivi de
La Plaque tournante et *Vie à louer,* nouvelles, Lyon, 1941 ; Paris, 2002.
Le Norvégien manchot, roman, Lyon, 1943 : Paris, 2002.
Croquelune, roman, Lyon, 1944 ; Paris, 2002.
Les Pèlerins de l'Enfer, roman, Lyon, 1945 ; Paris, 2002.
Saint-Gengoul, roman, Lyon, 1945 ; Paris, 2002.
Au massacre mondain, roman, Lyon, 1948 ; Paris, 2002.
Équipe de l'ombre, roman, Lyon, 1941 ; Paris, 2003.
Georges et la dame seule, roman, Gap, 1944 ; Paris, 2003.
La Mort des autres, nouvelles, Lyon, 1945 ; Paris, 2003.

Le Tueur en pantoufles, roman, Paris, 1951 ; Paris, 2003.

Le Cirque Grancher, souvenirs, Lyon, 1947 ; Paris, 2004.

Batailles sur la route, roman, Saint-Étienne, 1949 ; Paris, 2004.

Anna Soleil, roman, Lyon, 1954, Paris, 2004.

Le Mystère du Cube blanc, roman, Éditions de Savoie, 1945 ; Paris, 2005.

La Mort silencieuse, roman, Éditions de Savoie, 1945 ; Paris, 2005.

La Main morte, roman, Éditions Jacquier, 1953 ; Paris, 2005.

Vengeance !, roman, Éditions Jacquier, 1953 ; Paris, 2005.

On demande un cadavre, roman, Éditions Jacquier, 1951 ; Paris, 2006.

Vingt-huit minutes d'angoisse, roman, Éditions Jacquier, 1951 ; Paris, 2006.

La Grande Friture, roman, Éditions Jacquier, 1954 ; Paris, 2006.

Ouvrage composé par Nord Compo
Villeneuve-d'Ascq

Impression réalisée sur CAMERON par
BRODARD ET TAUPIN
La Flèche

pour le compte des Éditions Fayard
en janvier 2007

Dépôt légal : février 2007
N° d'édition : 82336 – N° d'impression : 39514
35-33-3436-9/01

Imprimé en France